高阳说红楼

大观园的微尘众生

Gao Yang
Talking about
*the Dream
of Red Mansions*

高阳 ◎ 著

北京时代华文书局

图书在版编目（CIP）数据

高阳说红楼 / 高阳著 . —北京：北京时代华文书局，2020.11
ISBN 978-7-5699-3961-3

Ⅰ . ①高… Ⅱ . ①高… Ⅲ . ①《红楼梦》研究 Ⅳ . ① I207.411

中国版本图书馆 CIP 数据核字 (2020) 第 230433 号

北京市版权局著作权合同登记号　图字：01–2020–5794 号

高阳说红楼
GAO YANG SHUO HONGLOU

著　者｜高　阳

出 版 人｜陈　涛
责任编辑｜周海燕
装帧设计｜人马艺术设计 · 储平
责任印制｜訾　敬
出版发行｜北京时代华文书局 http://www.bjsdsj.com.cn
　　　　北京市东城区安定门外大街 138 号皇城国际大厦 A 座 8 楼
　　　　邮编：100011　电话：010-83670692　64267677
印　　刷｜北京盛通印刷股份有限公司　电话：010-52249888
　　　　（如发现印装质量问题，请与印刷厂联系调换）
开　　本｜880mm×1230mm　　1/32
印　　张｜7.5
字　　数｜150 千字
版　　次｜2021 年 5 月第 1 版
印　　次｜2021 年 5 月第 1 次印刷
书　　号｜ISBN 978-7-5699-3961-3
定　　价｜55.00 元

目　录

后四十回出自谁手

——曹雪芹对《红楼梦》的最后构想

一

　　自从胡适之先生发表《红楼梦考证》以后，三十年来"红学"的内容，一直是史学的重于文学的。特别是后四十回作者之谜，以及相应并起的曹雪芹家世的问题，成为"红学"的研究中心。后四十回的作者，原来有两说，一是仍为曹雪芹原著；一是高鹗续作。现在又有第三说，那是赵冈先生的主张，认为可能曹雪芹后四十回的原稿中，关于抄家的描写，有不便为清高宗所见的"碍语"，乃由另一满人，删削进呈；目前所流传的一百二十回本，即是此改写的稿本。考据凭证据说话，看来好像很客观，但对于证据的取舍，常易在不知不觉间流于主观。

　　换句话说，就是各自援用有利于己的证据以支持其观点，形成"此亦一是非，彼亦一是非"的现象，如果不是综合比较，无从判断彼此的得失。

　　今年年初有一个机会听适之先生畅谈《红楼梦》和曹雪芹。他很谦虚地说他的成就，"只是扫除障碍的工作"。这句话给了我很大的一个启示，适之先生这话的意思，很明白地表示出来，做《红楼梦》的考据，只是研究《红楼梦》的必须准备工作，而非研究的本身；因为《红楼梦》到底是一部文学名著，不是一部史书。就算把《红楼梦》后四十回的作者，以及曹雪芹的家世考证得明明白白、毫无疑义，对于《红楼梦》在文学上的价值，好在何处，坏在哪里？这些文学研究上最主要的课题，仍旧没有说出一个所以然来。

对于《红楼梦》的后四十回，若以文学的观点来看，我认为所当注意者，有下列几个问题：

（一）后四十回比前八十回写得如何？

（二）照前八十回看，后四十回的情节应该如何发展才合理？

（三）假使说，后四十回不是曹雪芹原著，或虽出于曹雪芹之手，而非定稿，那么曹雪芹原来对后四十回的情节的构想，到底如何？

以上三个问题，我想试着来解答最后一个。我以为我找到了一把钥匙，这把钥匙是曹雪芹自己留给我们的。而且不必外求，就在原书第五回里面。

二

《红楼梦》第五回："贾宝玉神游太虚境，警幻仙曲演红楼梦。"

这一回中最主要的内容，是"金陵十二钗正册"和"新制红楼梦（曲）十二支"。

"金陵十二钗正册"，实际只有十一幅图，黛玉宝钗合一幅，以下依序是元春、探春、湘云、妙玉、迎春、惜春、凤姐、巧姐、李纨、可卿。这里就发生一个疑问："金陵十二钗正册"中，他人皆是一人占一幅，何以黛玉宝钗合一幅？

《红楼梦》曲子十二支，加上引子及尾声（飞鸟各投林）共为十四支。照曲文内容看，是用宝玉的口吻，追忆往事，发为叹息，犹如现代小说的所谓"第一人称"的写法。曲子正文十二支，是描写金陵十二钗的品貌遭遇，但这里又发生了变格，第一支《终身误》，非单写黛玉，亦非单写宝钗，而是既写黛，又写钗；第二支《枉凝眉》也是如此。以下自《恨无常》到《好事终》，自元春写到可卿，次序与"册子"第二幅至第十一幅同。

钗、黛二人这种特殊的安排，若是仅见于"册"或"曲"，已非偶然，而竟一见于"册"，再见于"曲"，岂不值得寄以密切的注意？

其次，大观园中，国色天香，艳绝人寰，曹雪芹以何标准选定此十二人为正钗？论行辈，巧姐不当插入；论关系，何与妙玉方外之人；论才貌，宝琴难道不够格？

复次，此十二钗排列的次序，"册"与"曲"皆同，可见不是没有原则的；那么此原则为何？论行辈，论年龄，论以宝玉

为基准的亲疏关系，无一处可以说得通。以我的"顿悟"，金陵十二钗应分为六组，每一组中显示一个强烈对比。兹就曲名简述其对比的意义如下：

第一组（变格）

　　终身误　黛玉宝钗（或宝钗黛玉）。
　　枉凝眉　同上。

解：另述。

第二组

　　恨无常　元春。
　　分骨肉　探春。

解：元春不寿，探春远嫁，此以"死别""生离"作对比。

第三组

　　乐中悲　湘云。

世难容　妙玉。

解：另述。

第四组

喜冤家　迎春。

虚花悟　惜春。

解：迎春出嫁，惜春出家（可怜绣户侯门女，独卧青灯古佛旁）；嫁而早死，所以不如不嫁求长生（西方宝树唤婆娑，上结着长生果）。

第五组

聪明累　凤姐。

留余庆　巧姐。

解：凤姐翻云覆雨，极有作为；巧姐随人摆布，太无作为。母女俩的性格和遭际，以刘姥姥贯串其间，强弱因果，对比极为明显。

第六组

晚韶华　李纨。

好事终　可卿。

解：李纨守节，可卿淫乱；守节者晚境弥甘、淫乱者早丧。秦可卿谐音为"情可轻"，以此一组殿后，可以看出作者劝善惩淫的主旨所在。

以上所未解者，是第一组和第三组，正为宝玉情感上的大问题。而主要关键则在第三组。

第三组对比的双方是湘云和妙玉，所比的是双方对宝玉的关系。妙玉是方外之人，而且非亲非故，论表面的关系，在十二钗中跟宝玉最疏远；因此对比的另一方，应该是跟宝玉关系最密切的人，这当然非肌肤之亲的妻子不可。

宝玉跟妙玉的情感极为微妙，从栊翠庵品茶及乞红梅这两件韵事中，可以看出端倪，只是"槛内""槛外"，万无结成连理之理；而湘云虽有"因麒麟伏白首双星"这一回的伏线，可是宝玉未来的妻子，不是"金玉良缘"，就是"木石前盟"，包括宝玉自己在内，没有谁会想到湘云身上去，谁知最后偏偏成为夫妇；就性格而言，妙玉孤僻矫情，落落寡合，湘云则爽朗随和，最得人缘，

这个对比之妙，就在无一处不反，在相互映衬之下，双方都更显得突出。

宝玉的妻子是湘云，第三组的对比是正面的证据；而第一组则是一个有力的旁证。

三

程本《红楼梦》说宝玉的妻子是宝钗，但曹雪芹最后的构想并非如此。这在"曲"中一看就可以知道的，为了读者的方便，我把第一组《终身误》《枉凝眉》两支曲子的原文抄在下面：

终身误

都道是金玉良缘，俺只念木石前盟。空对着山中高士晶莹雪，终不忘世外仙姝寂寞林。叹人间，美中不足今方信，纵然是举案齐眉，到底意难平！

枉凝眉

一个是阆苑仙葩，一个是美玉无瑕。若说没奇缘，今生偏又遇着他；若说有奇缘，如何心事终虚化？一个枉自嗟呀，一个空劳牵挂；一个是水中月，一个是镜中花。

想眼中能有多少泪珠儿，怎禁得秋流到冬，春流到夏？

《终身误》第三句，"空对着山中高士晶莹雪（薛）"的"空"字，不是轻易可下，如果"宝姐姐"变了"宝二奶奶"，那么日侍妆台，眼皮儿供养，心坎儿温存，还有什么"空对"之可叹？下面"举案齐眉"，非指宝钗而是指湘云，《乐中悲》一曲中，有"厮配得才貌仙郎，博得个地久天长"的话，可以证明宝玉、湘云夫妇，感情极好，否则"云散高唐，水涸湘江"，就不成其为"'乐'中悲"了。

在《枉凝眉》中，说得更明白："一个枉自嗟呀，一个空劳牵挂；一个是水中月，一个是镜中花"，连着这四个"一个"，不但明指黛玉宝钗在宝玉都是"镜花""水月"，而且也可看出，宝玉虽只念着"木石前盟"，但另一方面又深深地爱慕着宝钗（这并不构成为矛盾，因为宝玉本是个"泛爱主义"者），所以良缘不谐的原因，决非宝玉不愿，而是宝钗不肯。

宝钗为什么不肯呢？要回答这个问题，我们先得研究曹雪芹最后所确定的宝钗，是何等样人。

我前面说过，曹雪芹把十二钗分为六组以显示其对比，第一组虽为变格，但黛钗两人，仍是一个对比，看燕瘦环肥的两种体型，就再明显不过。其次是性格，一个"爱使小性子"，口角犀利得近乎刻薄；一个是宽宏大量，温柔敦厚，从不愿予人以难堪的。所以金陵十二钗正册第一幅，劈头就说："可叹停机德"，接下来写黛玉："堪怜咏絮才"，这一德一才，就是曹雪芹在刻画钗黛两人时，紧紧抓住的大原则。

在《终身误》《枉凝眉》两支曲子中，曹雪芹写宝钗之德，更有具体的比喻，其一是"山中高士晶莹雪"；其二是"美玉无瑕"，拟之为高士、白雪、美玉，可以想见曹雪芹最后想象中的宝钗，其志行的高洁、人格的完美为如何？像这样的人，不但决不会做出让人轻视的事，而且也决不会起什么肮脏心眼儿，否则就不足以符高士美玉之称了。

在前八十回中，曹雪芹以狮子搏兔之力写黛玉之才，同时他也用了同样的力量去写宝钗之德，而效果适得其反，这都是写在第九十七回"林黛玉焚稿断痴情，薛宝钗出闺成大礼"这一回上面。现在我们撇开后四十回不谈，仅就八十回以前而论，只看到一个心地纯厚、见识高超、处处容忍退让、事事为人设想的宝钗。哪里有一点儿奸相？

最要紧的是，人人"都道是金玉良缘"，宝钗却从未重视过这一点，也就是说，宝钗并不太看重于成为"宝二奶奶"。第二十八回"薛宝钗羞笼红麝串"，有一段说：

　　宝钗因往日母亲对王夫人曾提过，金锁是个和尚给的，等日后有玉的，方可结为婚姻等语，所以总远着宝玉；昨日见元春所赐的东西独她与宝玉一样，心里越发没意思起来。幸亏宝玉被一个黛玉缠绵住了，心心念念惦记着黛玉，并不理论这事。

　　这是一个洁身自好唯恐惹上嫌疑的人的心理。如果说宝钗属意于宝玉，那么"总远着""越发没意思""幸亏"等等，都得改用相反的字眼，成为这个样子：

　　宝钗因往日母亲对王夫人曾提过，金锁是个和尚给的，等日后有玉的，方可结为婚姻等语，所以"总是有意无意亲近着"宝玉；昨日见元春所赐的东西独她与宝玉一样，心里越发"暗喜"。"无奈"宝玉被一个黛玉缠绵住了，心心念念只惦记黛玉，并不理论这事。

　　宝钗不太看重"金玉良缘"，则宝钗以黛玉为情敌的看法，即不能成立。在前八十回中，曹雪芹写钗黛之间，是有极深的友谊的，第四十二回宝钗劝黛玉少看"杂书"，黛玉"心下暗服"；第四十五回，宝钗探病，黛玉说了这样一段话：

黛玉叹道："你素日待人，固然是极好的；然我最是个多心的人，只当你有心藏奸，从前日你说看杂书不好，又劝我那些好话，竟大感激你。往日竟是我错了，实在误到如今。细细算来，我母亲去世的时候，又无姐妹兄弟；我长了今年十五岁，竟没一个人像你前日的话教导我，怪不得云丫头说你好；我往日见她赞你，我还不受用，昨儿我亲自经过，才知道了。比如你说了那个，我再不轻放过你的，你竟不介意，反劝我那些话，可知我竟自误了。……"

以黛玉的心高气傲，从不服输而竟能如此倾心，此正所以表现宝钗以德服人的力量。曹雪芹把这一回题为"金兰契互剖金兰语"，"金兰"是描写友情的一个等级很高的形容词，这是更从正面强调了"二人同心"。朋友由误会中产生真诚的谅解，是非常难得的境界，若还以为钗黛两人中间有嫌隙，那真辜负了曹雪芹立意的苦心。

宝钗劝黛玉少看"杂书"的那第四十二回，题为："蘅芜君兰言解疑癖，潇湘子雅谑补余音"，我认为这兰言的"兰"，与金兰的"兰"，其中另有深意，因为兰言的"兰"，对不上雅谑的"雅"，要讲对仗之工，用"良言""忠言""诤言"都比"兰言"来得好。其所以下"兰"字者，可能也是用来象征宝钗的品格。

如果这一假设可以成立，那么宝钗的气质，即由这三种高贵的成分所合成：白雪的纯洁、美玉的坚贞、幽兰的静穆。拟之为"高士"，十分恰当。不过高士虽然迥异流俗，却多少有硁硁自守，求个人人格完美的倾向，他的道德观，跟"我不入地狱谁入地狱"的大宗教的看法不同。所以，若要期望宝钗超出理智的考虑以外，为了情感上的原因，作任何重大牺牲，也是不可能的。

四

以这样的性格的宝钗，如果有人想促成"金玉良缘"的具体实现，必然为她所拒绝。因为她一定会这样想：

第一，对黛玉有夺爱之嫌，有负知友。

第二，纵然过去本心无他，只要一嫁宝玉，那么以前种种待人的好处，都变成了故博贤惠之名，笼络人心的手段，坐实了"藏奸"二字，跳到黄河都洗不清的。

第三，在宝玉心目中，黛玉第一；娶不到黛玉娶宝钗，岂不应了"不得已而求其次"这句话？只要她无意于宝玉，宝玉在心里面把她摆在哪一个位置，都没有关系；一成了"宝二奶奶"，自然而然也就成了黛玉的候补者，身份降低一等，这是最伤自尊心的。照书里面看，宝钗亦未尝不以大观园中第一流人物自居，而第一流人物，往往对自己在另一第一流人物眼中的评价，是最看重的，所以宝钗纵或不恤人言，也决不肯为黛玉所耻笑。

写到这里，我可以来回答金陵十二钗正册中，何以黛钗合刊一幅的问题了。曹雪芹的用意是想写一个完美的女性的两个半个，而这两个半个是为了写一句话："红颜薄命"；或者说只写了一个字："情"。

既然称两个半个，当然是对等的，但是这不比画一个圆圈，中间再画一道直线那么简单。为了要求铢两相称，曹雪芹所费的苦心，可以从"册子"上那首诗看出来：

可叹停机德！堪怜咏絮才？

头两句是钗前黛后，如果三、四两句依然如此，那就确定了地位的高下，所以倒过来变成黛前钗后：

玉带林中挂，金钗雪里埋。

在《终身误》《枉凝眉》两支曲子中的描写，也都力求对称，以示无所偏颇。所以《红楼梦》的读者，可以像宝玉一样，把黛玉列为第一，或者像湘云一样，说宝钗好；但请勿说黛玉比宝钗好，或者宝钗比黛玉好，那样比法，是违反曹雪芹的本意的。

关于宝钗的拒婚，曹雪芹还另外在"又副册"写了一个人，

来反衬她的高洁。那就是袭人，袭人被目为宝钗的影子，其实貌合神离，试看她"初试云雨"以后，即隐隐然以宝玉未来的侍妾自居，及至宝玉出家，怀着必死的心肠上车回家，却又不死；不死为的是怕"害了哥哥"倒也罢了；但一夜过后，终于死心塌地。心地不够光明，意志不够坚定，生性难耐寂寞，跟宝钗纯洁、坚贞、静穆的高贵气质一比，自然只有用一床"破席"来形容其下贱了。

　　我以上种种分析，在推断曹雪芹最后构想的内容。至于这个构想的评价，那是另一件事，也就是真正《红楼梦》研究所要做的工作。照我初步的见解，认为这个构想，在意境上比现在后四十回的写法，高出不知多少。现在的宝钗，最后成了庸脂俗粉，其失败正跟十三妹嫁安公子一样，一无意味可言。

五

　　金陵十二钗中，除钗黛以外，其他人物的结局，依"册""曲"来看，构想比现在后四十回中所写的，要完备得多，如元春死后曾托梦；迎春嫁后一年，被虐待致死；贾兰做了武官等等，可说是大同小异。其全然不同者，一是湘云，嫁宝玉后，不久即死；一是凤姐的下场，那就是有名的那个"一从二令三人木"之谜。

　　关于这个谜，严明先生曾写了一篇专文刊在《自由中国》第廿二卷第二期上面。严先生把"一从二令三人木"七字，用测字法加减，所得谜底是"上下众人冷，夫休！"严先生指出凤姐"七出之条"全犯，推断"被休"出于邢夫人的主张云云。在全篇文字中，我只能同意严先生一点，那也就是俞平伯氏所猜出来的一点，"人木"确指"休"字。

那么"一从二令三休"，这俞平伯、林语堂二氏都认为无从解释的六个字，到底意何所指？

首先我得说：《红楼梦》不是推背图，曹雪芹绝无理由做个谜让后人来伤脑筋。所以以猜谜的方式来解释这六个字，入手便错。诚然，"人木"二字是拆字格，但这不过是要凑成七个字的一句诗，并无深意。

我的看法很简单，"一从二令三休"，是概括贾琏凤姐夫妇关系的三个阶段：

一从——出嫁"从"夫。

二令——阃"令"森严。

三休——"休"回娘家。

第一阶段出嫁"从"夫，以彼时的伦理观念，理所当然；第二阶段，阃"令"森严，贾琏处处受凤姐的压制，前八十回中已写得淋漓尽致；第三阶段凤姐被"休"回娘家，是曹雪芹在后四十回中的构想。这个构想好极了，完全符合小说的要求。

"可杀不可辱"不独以"士"为然，凡是心高气傲的人，到势穷力蹙之境，莫不希望如此。

要打击一个人，最狠毒的方法是打击他的自尊心，让他活着抬不起头来，死了无人注意。希特勒的谜到现在还有人感兴趣，纳粹党徒至今还在活动；而墨索里尼从未有人提起，褐衫党亦已成为历史的名词，其原因就在希特勒虽死未辱。同样地，明思宗和建文帝在后人的心目中，不同于李后主和宋徽宗，亦就是杀与辱的不同。

旧时妇女，特别是缙绅之家的命妇，如说被休回娘家，那可真成了"头条社会新闻"，合族都会感到奇耻大辱。读者试想，争强好胜、目中无人的凤姐，一旦为平日俯首听"令"的丈夫所"休"，那在她真是生不如死，所谓"哭向金陵事'更'哀"是说哭着被休回娘家，其事比死更为可哀。这个"更"字，用得好极。

那么凤姐被休的经过如何呢？我根据"册""曲"中的图意、前八十回的线索，以及人物的性格，试述曹雪芹原来的构想如下：

环境：

凤姐的"册子"中，是"一片冰山，山上有一只雌凤"，严明先生解为"示'众冷'之意"；我的看法很简单，是暗示"冰山一倒，立足无地"。凤姐的冰山，一是贾母，二是王子腾。贾母寿终，王子腾病死"十里屯"，就是凤姐的冰山倒了。同时家势衰败，凤姐已无用武之地，全家上下，亦就不必再对她有所畏惧。此时环境大不利于凤姐。

主动者：

贾琏。

动机及目的：

（一）久受压制，出于报复的心理。（二）谋财。休了凤姐，即可接收凤姐的财产。贾琏久已觊觎凤姐的私房；凤姐放高利贷等等亦唯恐贾琏知道，这些在前八十回中有很明显的描写，请读者覆按。（三）贪色。"砸碎了"醋罐子，才可以畅所欲为。

罪状：

一定是"淫佚"。七出之条，"无子""不事舅姑""口舌""妒忌""恶疾"等五项，都有申辩的余地，只有"窃盗""淫佚"两项最具体。凤姐当然不至于偷别人的东西，即有其事，说声"我是闹着玩的"，谁还真追究不成？但如从她床上捉出一个情夫来，可不能说"我是闹着玩的"。而且以凤姐的手腕口才，除非"捉奸捉双"方可把她打倒，否则还有被反噬的危险。

其他：

在情节上，还可以安排凤姐在旅途中悬梁自尽。这一点构想，不能"必其有"，只是我从《聪明累》那支曲子中，感到有一种三更上吊、临死忏悔的气氛。我认为这一安排，也还不坏。在凤姐起意自杀以前，可以给她一些重大的刺激，譬如让为她"弄权"受害的人，闻讯赶来，大大地羞辱她一顿；另一方面，第一百一十三回"忏宿冤凤姐托村妪"的情节，大致可以移用到这里，由刘姥姥赶至旅次话别，引起凤姐托女的念头。由刺激引起自杀的动机，以托女消除自杀的顾虑（凤姐自杀以前唯一割舍不下的，只有巧姐），恩怨已了，然后才得以自求解脱。这样交代了枭雄式的凤姐，在效果上，至少气势不弱。

照以上的构想，其中唯一需要斟酌的是，平儿的态度。平儿、丰儿，喻为凤姐的"屏风"，贾琏如不能得到平儿的合作，无法破获凤姐的奸情。以平儿的性格，公然背叛凤姐，能不能是一个问题，肯不肯又是一个问题。不过所好的，曹雪芹在前八十回中已留下了很好的伏线，以第二十一回"俏平儿软语救贾琏"及第四十四回"变生不测凤姐泼醋"这两回来看，可知平儿对凤姐，也有着难以消弭的矛盾，倾向于贾琏这方面的成分居多。所以在那时对于凤姐，背叛或许不敢，告贾琏的密则断乎不至于。在贾琏的计划中，她可能表面上不肯参与，暗地里所持的，则如晋朝王敦内犯时，王导所采取的"默成"的态度。

六

前面我说过，曹雪芹这个"一从二令三休"的构想好极了，完全符合小说的要求。现在我解释我的看法。

这得先简单谈一谈《红楼梦》的主题。它可用"色即是空"

四字来概括。但是曹雪芹有名士癖气，玩世逃世或许有之，出世则未必；他的"色即是空"的观念，实际上恐怕还是由沧桑之感蜕变出来的，所以并未真正看破红尘。相反地，我认为他极向往于他儿时所见的繁华景象，在刻意渲染朱门绣户、锦衣玉食的生活中，求取心理上的虚幻的满足。愈向往于过去，则愈觉得现实之难以接受。因为败落得太快，太惨，在观念上旧时繁华与今日贫困两种真实的叠合，因而产生如梦似幻的感觉。这就是曹雪芹创作时的心理状态。

这一心理状态是很矛盾的，他一面未能忘情于富贵荣华，一面又觉得富贵荣华靠不住。试想，曹家三世袭职，四次接驾，明为织造，实际则是皇帝直接指挥的心腹。有这样深厚的基础、坚强的奥援的人家，就一般的情况来说无论如何不是在短时期内所败得了的；而居然于一夕之间，"家亡人散各奔腾"！如此说来，世上万事都不可靠，包括皇帝的宠信在内。他在书中虽未明指"天威不可测"，但第十三回可卿托梦，以及构想中要写的元春托梦，嘱咐"退步"要早，可以看出他的深意。在实际生活中，曹雪芹不事生产，我疑心他也是受了万事靠不住的想法的支配，那就不如看开一点，得过且过算了。

由以上推论及前八十回书中所见，可知"变幻不测"是曹雪芹在《红楼梦》中所极力强调的。因此，一切情节的发展，只要在情理上说得通，变化越大越好。"一从二令三休"，具有双重的曲折，由"令"而"休"，更像把一个人拉到山顶再推入深渊，变化幅度之大，足以满足主题的要求；而在技巧上，则是掀起一个戏剧性的大高潮。岂不是"完全符合小说的要求"？

七

我所研究出来的曹雪芹的最后构想的内容，大致如上述。

我相信读者一定会问：你凭什么说那是曹雪芹的最后构想？以下是我的回答：

第一，第五回所写的"册""曲"，无疑地，应当作全书结构的"预告"看。

第二，这"预告"是在"披阅十载，增删五次"以后才出现的。曹雪芹也许还有第六个、第七个稿本，但既未出世，则现行本八十回以前应视作定稿。

第三，后四十回若是他人的续稿，自不必谈；如果仍是曹雪芹原著，那么以文字的精炼来比较，决非"增删五次"的稿本。所以，最后的构想，仍应以第五回的预告为准。

如果我前面所说的一切，在原则上为读者所同意，那么我愿意进一步来推论后四十回作者的问题。

我一向不以为高鹗是后四十回的作者，理由是：

第一，后四十回的文字虽不及前八十回，但一般公认还是相当不错的。我不认为高鹗有此能力。尤其续书比自己创作还难，因为得抛弃了自己的一切，去体会别人的风格。如果高鹗续书能够看不出续的痕迹，那就比曹雪芹还要高明了。

第二，八十回与八十一回之间，找不出有什么不同。事实上从第五十三回"宁国府除夕祭宗祠，荣国府元宵开夜宴"以后，写到宁荣两府过了全盛时期，文字就慢慢地不行了，如既有第三十七回"秋爽斋偶结海棠社"，就不必再有第七十回"林黛玉重建桃花社"；再把两回文字作一比较，更是优劣判然。又如第七十五回，贾母所讲的那个怕老婆的笑话，恶俗不堪，决不能出之以如此身份的老太太之口，何况是儿孙满堂的场合。所以一定说八十回以前好，八十一回以后较差，这话并不正确。

第三，第三十一回"因麒麟伏白首双星"是一大漏洞，为何不改？这一回改起来并不费事，除了另制回目以外，只要把"湘云伸手擎在掌上，心里不知怎么一动，似有所感"这句话改掉，就一点痕迹都不留了。因此，我认为原书"引言"及高、程两序，所说的都是实情，程伟元大概是个书商，而高鹗则是程伟元请来"客串的编辑，因为'传钞一部'，昂其值得数十金"，自然要"集活字刷印"，"急欲公诸同好"，没有工夫来细作校正了。

照现在来看，上述第三点的理由，更为充分。因为任何人来续后四十回，必先得对前八十回痛下功夫，那就不可能不注意到第五回的"预告"。当然，续书者可能不同意曹雪芹的设计，另

出新意，但那样就得把"册""曲"中的文字，按己意重写，以求统一。现在既不是全照"预告"发展，又不把"预告"改得符合结局，世上哪有这样续书的人。

至于赵冈先生所提出的见解，认为是另一"满人"按照曹雪芹的原稿改写，姑不论所引证据是否站得住；只就其改写的原因而论，是为了要删改抄家的碍语，宝玉的婚姻与凤姐的结局，并不构成为"碍语"，何以也把它改掉？再说，"进呈"上览，不是件开玩笑的事，如果清高宗看出前后不符，令此"满人""明白回话"，岂不将遭严谴？

后四十回既非高鹗所续，更非另一"满人"改写，那么当然是曹雪芹的原著了。不过不是"增删五次"之稿，更不是定稿。事实上恐怕永无定稿。脂批有一条"书未成，芹为泪尽而逝"可证。当然，这不是说初稿未成，而是指照此最后的构想，重新改写的全书未成。

《红楼梦》版本

——曹家的荣耀与衰败对曹雪芹的影响

　　刊载于《作品》第十期的《试看〈红楼梦〉的真面目》，是苏雪林先生近期内"论曹雪芹的第二篇文章"。在第一篇《由原本〈红楼梦〉谈到偶像崇拜》（《中国语文》七卷三期）中，苏先生说"曹雪芹仅是个只有歪才并无实学的纨绔子"；第二篇则是想揭开《红楼梦》的"真面目"，拿证据来支持其第一篇中的论点。

　　"我写那篇文字时，原本《红楼梦》不在手边，仅能就李辰冬先生所引两段文字及记忆所及一二小例加以评骘，现在已弄到了原本，我曾预先声明'将来若有机会，愿将脂砚斋原本和高鹗改本作一较为仔细的比较'，现在这个工作可以做了。"读到苏文的这一段，我以为苏先生手里握有什么珍贵的秘本；看到后来才知道，是书店中所能买到的，文渊出版社影印的《脂砚斋四阅古本红楼梦》，为之爽然若失。

　　我要"明告"苏先生：您所看到的那个"原本"，正确的名称应该是"过录乾隆庚辰秋脂砚斋四阅评本石头记"。文渊出版

社安上一个非驴非马的"四阅古本红楼梦"的名称，足证其对"红学"的常识都还欠缺。

苏先生不能为人接受的意见的大部分，都由这个"原本"而来。因此，我必须先谈一谈"脂本"（原本）的概况。

所谓"脂本"是别于经高鹗辑补过的"程甲本""程乙本"而言。它只有八十回，在曹雪芹生前可能即已流传；最宝贵的是上面有"脂砚"和"畸笏"等人的批语。脂砚或说是史湘云，或说是曹雪芹自己，或说是史曹合用的笔号（详见适之先生的考证，和林语堂先生的《平心论高鹗》等文）。

就最新的材料看，脂本共有五个本子，概况如下：

甲戌本

乾隆十九年甲戌，曹雪芹年卅一岁（据周汝昌考定）。是年"脂砚抄阅再评"，即《脂砚斋重评石头记》最初定本，称为甲戌本。

甲戌本的过录本，为所有"脂本"中最珍贵的一本，存十六回：第一至第八回、第十三至第十六回、第二十五回至第二十八回。刘铨福旧藏，有同治二年、七年等跋。现在是胡适之先生的"宝贝"。

己卯本

乾隆二十四年己卯。是年冬夜脂砚作批，并经"四阅"。过录己卯本，存四十回：第一至第二十回、第三十一至第四十回、第六十一至第七十回。董康旧藏，后归陶洙，现藏文化部。

庚辰本

乾隆二十五年庚辰。"是年秋，脂砚根据己卯本写定"，所以又称"庚辰定本"。此本以后，曹死以前，没有更晚的定本，所以，公认为脂本中最重要的一本。

过录庚辰本计七十八回，内第六十四、六十七回缺。徐郙旧藏，后归燕京大学图书馆，现藏北京大学图书馆。

甲辰本

乾隆四十九年甲辰。距曹雪芹之死，已二十一年。过录甲辰本，系近年在大陆发现，现藏山西省文物局，八十回完整无缺，菊月梦觉主人序，有双行夹评，又第十九回前有总评。

据说："甲辰本在各种过录本中最重要，从前以为红楼梦乃程、高所改，实际上甲辰本时已大有改动（不但删改本文及回目，且把原来曲折的改为径直，复杂的改为简单，干脆的变为噜苏，北京话改为普通南方话等）……程、高本的规模，大致依此。"

照此说来，林语堂先生的《平心论高鹗》需要改写。

戚本

乾隆三十四年左右，德清戚蓼生购得抄本，作一序于上。清末辗转为有正书局老板狄楚青所获，以大字石印，题名为《国初钞本原本红楼梦》。原抄本存上海时报社，民国十年（1921）毁于火。

狄楚青在付印时，擅改批语，竟出现"情之变态"的字样，为林语堂先生捉出毛病。

　　以上五个脂本，全部都是"过录"的抄本，甲戌、庚辰等等，只是底本上的年份；"过录"的年份不详，假如我在上距乾隆甲戌二百零六年的今天，借抄适之先生的那个十六回珍本，便亦可称为甲戌本（过录本）。苏先生口口声声"原本"，是不是把文渊影印的那个过录本，误认为曹雪芹的手稿了？

　　过录的本子，好坏全在抄手。抄错得最厉害的，正是"庚辰定本"，也就是苏先生所看到的那个"原本"。

　　抄错的原因，不外乎抄手程度低劣，匆忙疏忽，再有一个特殊的原因，即是正文与评语纠缠。脂本的评语至少有七种：开首总批、眉批、夹批、正文下双行批注、回末总批、混入正文的大字批语、双行批注下再加双行批注，这样复杂的底本，自然容易抄错。适之先生曾举一例：

　　……戚本第一回云：
　　一家乡官，姓甄（真假之甄宝玉亦借此音，后不注）名费废，字士隐。
　　脂本（甲戌本）作
　　一家乡官，姓甄（真假后之甄宝玉亦借此音，后不注）名费，（废）字士隐。
　　戚本第一条评注误把"真"字连下去读，故改"后"为"假"，文法遂不通。第二条注"废"字误作正文，更不通了。……

抄手抄错，自然不该曹雪芹负责；譬如苏先生这篇文章中，起码有几个标点为手民排错，如我据以指责苏先生，说是连句点和逗点都弄不清楚，这是公平的吗？又如苏文"用乞太守，岂非僭妄？"此"乞"字必是"于"字的误排；执此"用乞太守"的不通之句，骂一声"狗屁文章"，苏先生的感想又如何？

因此，苏先生说："原本红楼别字之多，颇足叫人吃惊。而且还学仓颉乱造字。"显然是张冠李戴了。如说曹雪芹能写出一部《红楼梦》，但连"顾"与"雇"、"理"与"礼"的用法都不懂，世上有如此不可思议的事吗？

不过苏先生所列举的别字，错得离奇，确是一个值得注意的问题。我不知道苏先生和读者们发现了没有，所有的别字，几乎都错在同音异义，而照一般的情况来说，念别字的比写别字的要多得多，《官场现形记》中某武官把"游弋"念成"游戈"；《红楼梦》第二十六回，薛老大将"唐寅"认作"庚黄"；现在也还有许多人把"渗透"念成"惨（去声）透"，"臀部"念成"殿部"。相反的，念得出荼毒生灵的荼字，就决不会把荼毒写成"涂毒"（苏先生所举之例）；倘或如此，一定有特殊的原因在。

照我的看法，同音异义的错误，不是抄录的错误，而是听人口述加以记录的错误。这有两种可能的情况：第一，"好事者每传抄一部，置庙市中，昂其值得数十金"（程序）。如果雇抄手十人，一人口述，十人纪录，岂非一举可得数百金？第二，"缘友人借抄争睹者甚夥，抄录固难，刊板亦需时日，姑集活字刷印"（程乙本引言），刊版刷印，需要财力支持，不是大藏书家或书商，不会如此；但如有人得一抄本，传于亲友之间，你也要借，他也要抄，使主人左右为难之时，就只有请诸亲好友，届期自备纸笔，听候宣读，各自笔记。记得我在空军服务时，每遇校阅视察，上级转颁有关训令，一时不及复制分发时，就常干这玩意儿。

　　在这种情况之下，对抄手的能力是一大考验，程度差的，"拭泪"误"试泪"，"颂圣"误"送圣"，"盘诘"误"盘结"等等，都不算意外。有些口头常用的字，听得懂写不出，便学"仓颉"造个新字凑上去。如果写的速度赶不上听的速度，就先空一句，回头再补。至于苏先生所举"七十八回宝玉杜撰芙蓉诔"那段"奇文"，以及三十七回探春致宝玉一简，在那些抄手，可能闻所未闻，自然更要记录得七颠八倒，不通之至。像苏先生所指责的"娣"字，我疑心原底本上是"女弟"两字，由于抄手自作聪明，简写为"娣"字，才害得曹雪芹几乎挨打。

　　写到这里，我附带对影印《脂砚斋四阅古本红楼梦》的文渊出版社，要提出一个要求。照此本内容来看，出于"庚辰定本"无疑。海内有几个脂本，班班可考，庚辰定本现藏北大图书馆，其中缺六十四、六十七等两回，文渊本则完整无缺，六十七回注明补抄，六十四回无补抄字样，所以文渊所据以影印的本子，到底从何而

来？令人不解。读者以高价购此影印本，目的多半在研究红楼的版本问题，非普通阅读可比，文渊对其读者，应有说明此过录本的出处的义务。

除别字以外，苏先生又痛责曹雪芹"造句欠自然""说话无轻重""句法杂凑文理不通""文白杂糅体例不纯"。在所引的许多具体的证例中，有些是由于抄本有误，如"大恩"误为"天恩"，"心胸不快"误为"心胸大快"，挨骂的该是此"原本"的抄手，与曹雪芹无干，不值一辩；有些出于个人主观的好恶，见仁见智，无法分辨，如"眉立"这个新词，脂砚或系亲见凤姐有此神情，故批"二字如神"。苏先生则以为"太生太嫩"。我除了因为曹雪芹的心血不能获得苏先生的欣赏而感到遗憾以外，别无话说。

但有些地方是必须要辩的。因为那既非抄手的错误（或虽有错误，于曹的原意无大碍），也非主观的好恶，确是当着读者有一番道理可讲。

"说话无轻重"第一条，苏先生引第十六回及第八回，贾琏的乳母赵妈妈、宝玉的乳母李妈妈的话，下此论断：

……虽贾府尊敬乳母，但下人总是下人，应该有他们的规矩礼数，赵妈妈不能对贾琏用"燥屎"那种粗俗的比方；李妈妈对于小心眼，行动惯于恼人的林小姐，也不能直顶她："你这算了什么？"

首先我要为苏先生指出，老年的下人，特别是乳母，在曹家有特殊的地位，因为曹家是"正白旗包衣"出身（适之先生说曹家是"汉军正白旗人"，近人考定，并非"汉军"）。何谓"包衣"？"正白旗包衣"的地位如何？兹节引郑天挺先生所著《清史探微》，略为说明：

> 太祖起兵追随的人很多，这些人全是后来的勋戚，他们全有给使的仆役，就是包衣，……但包衣的主人爵秩有尊卑，地位有高下，因而包衣也有等差。包衣之下还用包衣，主人之上仍有主人。（页六二）
>
> ……八旗定例，奴仆全是子孙永远服役，家奴的子女名曰"家生"，又曰"家生子"，《红楼梦》四十六回称鸳鸯为"家生女儿"，四十五回称周瑞之子非"家生子儿"，皆此类。（页六三）
>
> 入关以后，满洲八旗因统属不同，地位不同，分为二等，天子自将的镶黄、正黄、正白为上三旗，其余正红、镶白、镶红、正蓝、镶蓝为下五旗。各旗包衣也分为两个系统，上三旗的包衣称为"内务府属"，……上三旗属于皇帝，包衣就是皇室的仆役（按：此指上三旗"内

务府属"的包衣）。（页六四）

曹家是皇帝的奴仆，曹寅和他的母亲孙氏，与康熙更有一层不平凡的渊源，原来孙氏是"圣祖保母"（见《永宪录》）。《郎潜纪闻三笔》卷二，有一条：

> 康熙己卯（三十八年）夏四月，上南巡回驭，驻跸于江宁织造曹寅之署。曹世受国恩，与亲臣世臣之列。爰奉母孙氏朝谒，上见之，色喜，且劳之曰："此吾家老人也。"赏赉甚渥。会庭中萱花盛开，遂御书"萱瑞堂"三字以赐。考史：大臣母高年召见者，或给扶，或赐币，或称老福，从无亲洒翰墨之事。曹氏母子，洵昌黎所云"上祥下瑞无休期"矣。（按：冯景《解春集文钞》有《御书萱瑞堂记》，内容与此相仿。）

因为有这样不平凡的渊源，所以尤西堂《曹太夫人六十寿序》中，才有"宜其协赞司空，光显鸿业，兼能玉二子以有成也"的话。至于曹寅，周汝昌根据顾景星《怀曹子清》一诗的首二句"早入龙楼儌，还观中秘书"作这样的推论：

> 按这首诗多为追忆十八年时各事，……应注意的却

是首二句：曹寅既非进士，更无从入词馆，如何说他"还观中秘书"呢？……至于"早入龙楼儤"一句也同样重要。曹寅自己在他四十九年十月初二日一折子里说："念臣从幼豢养。"又五十年六月初九日一折也说"臣自黄口充任犬马"，所以我推想曹寅大概在十岁以内就进宫当差，侍帝左右，御斋伴读。他和康熙帝可说是"总角之交"了（康熙帝即位时才八岁），我们须明了他和皇帝渊源之深，才可以了解他后来的亲信地位。皇帝视之为家人父子，这种特殊关系，即其他部院大臣亦不能和他相比也。

此说实有相当见地（按：关于曹寅"伴读"，周汝昌另有一说，不必赘述），不过十岁进宫当差，中国历史上除了小太监以外，尚不多见，因为十岁的孩子，本人还须父母照料，又有何差可当？只有像孙氏那样，成为太子或幼主的保母，曹寅十岁随母进宫当差，就变得合理而可能了。反过来看，曹寅之能与康熙成为"总角之交"，结下深厚的关系，乃由其母而来。

所以，造成曹家的富贵，孙氏有特殊的贡献。《红楼梦》中贾母何以有那么高的地位、那么大的权威，正以其家有此传统。曹家是皇帝的奴仆，孙氏是康熙的保母，则曹家老年的奴仆，特别是乳母，应该受到主子们的尊重，亦就无怪其然。《红楼梦》四十五回："只见一个小丫头扶着赖嬷嬷进来，凤姐等忙站起来笑道：‘大娘坐下。’”此种礼数，哪像主子对奴仆？同回，赖嬷嬷干预周瑞家的儿子被撵之事，对凤姐说："我当什么事情？原来为这个，奶奶听我说：他有不是，打他骂他，叫他改过就是了；撵出去，断乎使不得。……"这样的口吻，竟是长辈教导晚辈，而荣国府中，就兴这个规矩。如果苏先生了解曹家的身世背景，就知道赵妈妈、李妈妈所说的话，不算"无轻重"。

现在，就事论事，我们再来看苏先生所指的例证。按：十六回，赵妈妈来看凤姐，为她的两个儿子求差事，这一段描写是有过程的，先是叫她上炕去喝酒，她"执意不肯"；然后凤姐体贴她牙齿不好，叫拿很烂的火腿炖肘了给她吃，又道："妈妈，你尝一尝你儿子（指贾琏）带来的惠泉酒。"凤姐如此刻意笼络，表面上是尊重其家族的传统，博取贤惠之名，实际上是孤立贾琏的手段，赵妈妈这种积世老虔婆，岂有不明白之理？她骂贾琏"燥屎"，一则倚老卖老，故示亲切；再则是讨好凤姐，明递降表。只看下文一个欣然许诺"妈妈，你的两个奶哥哥都交给我"；一个就捧凤姐"可是屋子里跑出青天来了"。凤姐弄权，下人趋奉，贾琏在此联合阵线之下，地位低落，写得面面俱到。此中夹"燥屎"一骂，正是极其生动的好文章，今本改为"落空"，反而不够力量。是则"燥屎"一语，即令粗俗，亦复何碍？正如苏先生笔下的"猴屎"，只问比方得恰当不恰当，不必问比方得粗俗不粗俗。

第八回李妈妈在薛家那一段也是有过程的。这个薛姨妈所骂

的"老货"，自恃是宝玉的乳母，狐假虎威，极其讨厌。此回写如在薛家对宝玉行使不必要的监护权，一层一层写来，到林黛玉那里碰了个大钉子，试问我们设身处地替李妈妈想一想，她的心情该当如何？

第一，正在张牙舞爪、得意忘形之时，忽然有人说出两句比刀子还厉害的话，让她下不了台，自然又羞又恼。

第二，李妈妈心想：我"素知"你的"为人"，言语尖刻，不大好惹，所以特别对你客气。我说"你要劝他，只怕他还听些"是抬举你，你怎么不知好歹，反来拆我的台？到底是什么意思呢？

第三，一向拿"老太太"这顶大帽子压人，无往不利，今天要在别的正经主子面前碰了钉子，也还罢了；在这个来了还没多久的小女孩手里落了下风，实在于心不甘。

于是，她就必定要设法找回面子，而又苦于说不出"一句话来比刀子还尖"，才逼出这一句："你这算了什么？"

这一段应算是一个小小的冲突，该有一个小小的高潮，高潮的顶点就在这句话上。今本删此一句，成为："李妈妈听了又是急，又是笑，说道：'真真这姐儿说出一句话来，比刀子还厉害。'"这是忠厚老实人的口吻姿态，岂类李妈妈的为人？有了"你这算了什么？"这一句，仿佛让我们看到了一个恼羞成怒、情急无奈、僵立在那里似乎要耍无赖的老厌物。传神一至此！我得感谢苏先生提此一句，让我多欣赏到曹雪芹的一个妙处；正像我感谢苏先生列举了那些"别字"，才让我发现了抄手何以有同音异义的错误一样。

由乳母之例，我们接下来再看丫头与小厮。先抄一段苏先生的原文：

> 第二十四回贾芸想进大观园见宝玉，进门时"只见焙茗、锄药两个小厮下象棋，为夺车正拌嘴，还有引泉、扫花、挑云、伴鹤四五个又在屋檐上掏小雀儿顽。贾芸进入院内，把脚一跺，说道：'猴儿们淘气，我来了。'众小厮看见贾芸进来都打散了。"贾芸见袭人替他倒茶，尚站起来说："不敢劳动姊姊，让我自己去倒。"见了焙茗等居然摆出主子身款，说什么"我来了！"……

按：贾芸"脚一跺，说道"云云，此是贾芸跟"猴儿们"开玩笑，见得他的身份不高，性格"不尊重"（凤姐骂贾环之语），正是红楼文字跳脱不板之处，苏先生误认为摆"主子身款"，这是哪里说起？然而这也可以不辩。

要辩的是：苏先生以为丫头、小厮身份一样，贾芸不该两样看待。那么，实际上两者的身份到底如何呢？让我先引戚本第十一回，狄楚青一批：

（戚本）见宝玉合（庚辰本作"和"）一群丫头子（庚辰本无子）们那里顽呢。

（程本）见宝玉和一群丫头小子们那里顽呢。

狄批："今本作'合一群丫头小子们那里顽'，只加入一'小'字，便将宝玉身份与丫头身份一齐拖下，吾不为著者叫屈，吾不能不为宝玉与丫头等叫屈也。"

照苏先生的意见，我亦不能不为袭人叫屈。在荣国府中，丫头与小厮的身份不同，袭人与焙茗尤其不能相提并论。小厮只是一种，像焙茗也不过得力得宠而已。丫头的差级可就多了，拿怡红院来说，不知名的做粗活的小丫头是一等；碧痕、春燕、四儿、小红又是一等；袭人、晴雯、麝月、秋纹又是一等；此最高的一等中，麝月、秋纹又比不上袭人、晴雯。这些"大丫头"，起居饮食，与公子小姐相仿；口头称呼，不是"姑娘"就是"姐姐"，凡此都是小厮所望尘莫及的。

丫头、小厮同是奴才，为何身份上如此悬殊呢？第一自然是主观条件不同，而最主要的则在现实的利害关系上面。照我的看法，《红楼梦》中最有身份的丫头，还不是袭人、平儿，而是贾母跟前的鸳鸯。曹雪芹特为她写两大回书，第四十回"金鸳鸯三宣牙牌令"写正面，第四十六回"鸳鸯女誓绝鸳鸯偶"写反面，一正一反，足以显示鸳鸯是发号施令，掀起波澜的主角身份。试看第四十回中鸳鸯的气派、风头，凤姐得买账领情，王夫人也得假以辞色。

大观园中有身份的丫头，得具备三个条件：第一是资格，特别是尊长所赐，更应受幼主的尊重（请参阅第六十三回，"林家的"那一番话）；第二，主子是有相当地位的人；第三，受宠信。袭人恰符此三条件，连黛玉都开玩笑称她"嫂子"，那么有求而来，况是晚辈，更何况是不甚识廉耻的贾芸，看见袭人倒茶来，怎样不该站起来说几句客气话？照我看，贾芸还可能有受宠若惊之感，换了晴雯未见得会亲自来倒茶。

这两节谈《红楼梦》中的奴才，写了不少字数，是因为我写本义以前，重温《红楼梦》及我所能找到的一些史料，发现曹雪芹所写的主奴关系，极可注意，可能在红学上形成一个新的课题。先分析曹雪芹所安排的主奴关系，他特别强调下列三点。

一、奴以主贵——主子体面，奴才体面；主子倒霉，奴才倒霉。

二、翻脸无情——主子奴才，感情融洽，脱略礼数，亲如家人。但主子到底是主子，奴才终归是奴才，不知道什么时候惹恼了主子，就祸生不测，轻则打骂，重则撵了出去。此类例子，《红楼梦》中甚多，就是宝玉，也有翻脸不认人，乱打乱骂的时候，如第三十回误踢袭人事。

三、优容"老人"——上一辈的奴才，下一辈应特别尊重。此类例子也极多。

曹雪芹所强调的三点，比照其家世及遭祸情况来看，可能是

心怀怨怼，有感而发。

一、奴以主贵——曹家为"正白旗包衣"，是皇帝的奴仆。按上三旗包衣称"内务府属"，而内务府实在是奢靡贪婪之薮，清诸帝往往用它私其所亲，织造即属内务府织染局，隶广储司。大观园中的丫头，有幸有不幸，正如八旗包衣的荣辱，在先天的出身上，就已决定了一大半。

二、翻脸无情——此言人主喜怒无常，以故祸福不测，正为奴才的绝大悲哀。按：曹家在雍正六年抄家，乾隆帝即位后，曹頫起官内务府员外郎，曹家局面好转。但据周汝昌推论，在乾隆三年至十年间，曹家似乎又有一次巨变，家道再度中落，才真是一蹶不振，惟其情况如何，现不可知。

三、优容"老人"——雍正即位，先朝亲信，大遭其殃。上谕有"朕即位以来，外间流言，有谓朕好抄人之家产"的话，可以想见雍正的作风和民间的观感。曹雪芹强调幼主应尊重上一辈手里的奴才，是寄托遥深的感慨。

我以上的见解，自然是一个不成熟的见解，但不能不说是一个新的见解，特意写出来就教于读者。在前文中，我曾提到赵冈先生的主张，他认为可能曹雪芹后四十回的原稿中，关于抄家的描写，有不便为清高宗所见的"碍语"，乃由另一满人，删削进呈，目前所流传的百二十回本，即是此改写的稿本。我在技术上虽认为"绝无人可续红楼"，但如我前述的"主奴关系"说能成立，则所谓"碍语"云云，可能正是后四十回定稿未能流传于世的原因。如果曹雪芹以鸣冤的动机来写《红楼梦》，那么后四十回中提到抄家，就是触及了问题的核心，颇难着笔，规避不谈，则非本心，直抒胸臆，则致大祸，即令有了自己满意的定稿（照他在第五回中的"预告"那样子写），也万万不敢拿出来的。

宝玉的年龄

——《红楼梦》中的假事真情

一、先提结论

《红楼梦》人物的年龄，特别是宝玉，前后错乱，忽大忽小，是这部流传了两百年的文学名著的一大缺点，而在研究《红楼梦》的人看，这一大缺点乃是最感困扰同时也最感兴味的问题。从胡适之先生《红楼梦考证》一文发表以后，"《红楼梦》这部书是曹雪芹的自叙传"的说法，铁案如山，再不可移。因此，要解决宝玉的年龄问题，必先从确定曹雪芹的年龄，也就是他的生卒年份入手，才是正本清源的办法。

曹雪芹死于乾隆二十八年癸未（1763）除夕，生在何年，则难断定，但大致不外乎以下三说：

◆ 胡适之先生假定他四十五岁，应生在康熙五十八年（1719）。

◆ 周汝昌确定他生在雍正二年（1724）初夏，实际年龄三十九岁半。

◆ 林语堂先生支持大某山民的推算，认为宝玉当生在康熙五十七年（1718），实际年龄四十六岁。

以上三说有一个共同的根据，即是敦诚挽曹雪芹的那句诗：
"四十年华付杳冥"。不过胡先生是往"大"处看，林先生亦是如此，
而周汝昌则看死了"四十"两字，在年龄上遂有五六岁之差。

这五六岁之差，何以会引起大问题呢？我认为影响及于宝玉
的年龄的混乱，犹在其次；最主要的，还在这最初的五六年之中，
曹家有一大变故：雍正五年抄家，曹家翌年返居京师。如照周汝
昌之说，则抄之时，曹雪芹不过三四岁，对于曹家在金陵如何
富贵，并无所知；照胡、林两先生的假定，曹雪芹那时十岁左右，
早熟的孩子，已很懂事，才谈得到"身经极繁华绮丽的生活"。
这一点，在史学上关乎本事的考证；在文学上，属于生活的体验，
关系太重要了。

我一直倾向于胡先生的看法，不过我在正式研究此一问题之
前，并无成见，一切要看证据说话。现在我先把我的研究结果写
在下面：

> 曹雪芹生于康熙五十四年四月中旬，实际年龄
> 四十七岁半。他是曹颙的遗腹子，行二，但却是曹寅唯
> 一的嫡亲的孙子。

要让读者接受我的研究结果，得由浅入深分三段来证明：

◆证明周汝昌"四十"之说，何以不可信？

◆证明曹雪芹在抄家之前，已"身经极繁华绮丽的生活"。

◆证明曹雪芹是曹颙的遗腹子，生于康熙五十四年。

二、曹氏世系

先从周汝昌的考据谈起。

周汝昌《红楼梦新证》一书，据他自己说："大部还是我在一九四七至一九四八年作学生时课余所草。"以后此书大概被用来作为"清算胡适思想"的工具之一，所以加上些"妄人"之类不负责任的骂人的话，明眼人可以看得出来他的言不由衷的悲哀。

此书在"红学"的范畴中，够得上称为一部巨著。在考据方面，大致如林语堂先生所评："整理之勤，用心之细，自有他的地位。周书确有很多宝贵材料，有新收获。"我认为他最大的贡献是：考出曹子猷是曹寅的孪生弟弟（也可能晚一年生，总之年龄极近，极为友爱），同时推论他单名一个"宣"字，而曹宣则是曹寅另一幼弟。此一发现，极为重要，使得曹雪芹的身世更为明白。不过就在这条考据中，也还有商榷的余地，现在综合他的考据和我的意见，将曹玺一支的世系，列简表如下：

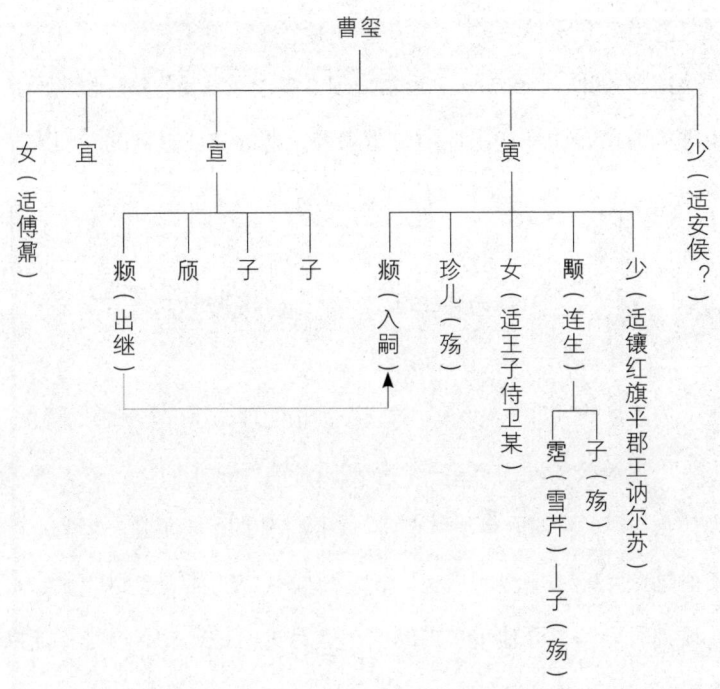

但是，非常遗憾的，周汝昌对于材料的整理，虽用的是科学方法，而对于材料的运用却主观得厉害。换句话说，经过客观整理的材料，只在能支持其主观的认定时，方被选用，否则就抹杀不论。

他的"主观的认定"是什么？第一，对人有成见，如力攻高鹗；第二，太执着，把《红楼梦》看成一字不可易的曹氏家乘，甚至据红楼人物以订曹氏世系，此是反客为主、本末倒置的做法，既欠妥当，亦无必要。

即因如此，细细看去，就可发现许多矛盾。我的第一段证明，主要的方法，即在找出他的矛盾来否定他的自信过甚的"四十"之说。

三、"四十年华"与"四十萧然"

周汝昌的"四十"之说，有三个消极的理由、一个积极的理由。

先说消极的理由：第一，假如雪芹真个活了四十五岁，敦诚为什么不写成"四五年华付杳冥"，而非作四十不可呢？事实上，不但是"四五"，除去"四三"平仄不调外，从"四一"到"四九"，敦诚都可以写，而他单单要写四十，足见不是无故。这是不能推诿为"举成数而言之"的。

此说主要的用意，用攻胡先生"这自然是个整数，不限定整四十岁"的说法。其词甚辩，似难驳倒。但试问：敦诚是不是绝对可以信任的，四十便说四十，四五便说四五？不是。只看他《寄怀曹雪芹》诗自注"雪芹曾随其先祖寅织造之任"就可证明，敦诚不是不可能犯错误的。

但是，我又认为敦诚不可能不知道曹雪芹年在四十以上，因为当乾隆十三四年时，他在八旗宗学所见到的曹雪芹是："接䍦倒著容君傲，高谈雄辩虱手扪"，这种不修边幅、佯狂自喜的名士派，所予人的印象，起码是在三十岁以上（请参阅后文谈"虎门"一节），那么到了乾隆二十九年做挽诗时，相隔十五年，很容易算出曹雪芹年在四十以上，而所以仍写"四十"，我以为可能是故意犯此"错误"，用意在强调曹雪芹的境遇之可悲。

关于敦诚挽曹雪芹的诗，大家都知道"四十年华付杳冥"那一首，实际上初稿是两首，见敦诚所著《鹪鹩庵杂诗》，我托人转抄了来，并录如下：

四十萧然太瘦生，晓风昨日拂铭旌。肠回故垅孤儿泣（原注：前数月伊子殇，雪芹因感伤成疾），泪迸荒天寡妇声。牛鬼遗文悲李贺，鹿车荷锸葬刘伶。故人欲有生刍吊，何处招魂赋楚蘅？

开箧犹存冰雪文，故交零落散如云。三年下第曾怜我，一病无医竟负君。邺下才人应有恨，山阳残笛不堪闻。他时瘦马西州路，宿草寒烟对落曛。（见《鹪鹩庵杂诗》）

四十年华付杳冥，哀旌一片阿谁铭？孤儿渺漠魂应逐（注：前数月，伊子殇，因感伤成疾），新妇飘零目岂瞑？牛鬼遗文悲李贺，鹿车荷锸葬刘伶。故人唯有青山泪，絮酒生刍上旧坰。（见《四松堂集》）

由上引可以看出，初稿虽有两首，但不及后一首具体而沉痛，

而敦诚由两首删定为一首，显然亦因原作还不足以表达其内心的悲悼之故。最可注意的是原作为"四十萧然太瘦生"，是说四十岁还穷愁潦倒，照中国人的传统观念，四十岁是事业大定之年，如果四十岁还不得志，那几乎就此生无望了，所以"四十萧然"之句，不必看死了就是当年的情况。至于改作既然要强调其境遇之惨，那么四十"举成数而言"，亦就不必改动了。

周汝昌把这条证据看得很重要，我却认为并无太大的关系，只要找得出更好的理由和证据，此诗"四十"一句，可以存而不论。

第二，假如雪芹真的生于康熙五十七年，则到雍正六年曹氏落职籍家北返时，他已十一岁，不用说聪慧早熟的雪芹，一个笨孩子也该把南京和沿路情形记个清清楚楚。但雪芹书中于此两者，连正面一笔都没有，足证他并不记得。又如第五回宝玉向警幻道："常听人说金陵极大。"脂砚的批说："'常听'二字，神理极妙！"可见雪芹对于南京，影响皆无，南京是个什么样子，他只能从旁人嘴中"听说"的。

三条消极的理由，此条力量最薄弱。知道不知道是一回事，需要不需要写出来又是一回事，何得混为一谈？如照周汝昌的逻辑，凡曹雪芹所写的，都是他所亲历的，那么曹雪芹北返以后，从未到过苏州，何以又"正面"写"姑苏城，城中阊门，最是红尘中一二等富贵风流之地"云云这一段文字？又，"常听人说"如何如何，是极普通的话，何得谓之"神理极妙"，照我看，脂砚特拈"常听"两字，正是提醒读者，此中大有文章。真真假假，分析曹雪芹的创作心理，真有"不得不言，而又不得明言；不可不假，而又不可全假"的苦衷（以后我将作一专题讨论）。独怪周汝昌如此相信《红楼梦》是句句真言，偏偏不相信开头"故将真事隐去"这一句，是何道理？

他的第三个消极理由，说起来比较复杂，也最有意思，那即是由父亲的年龄来推断儿子的年龄。康熙五十一年曹寅死时，他的独子曹颙才十八岁，继任织造，到五十四年病死京城，曹頫奉旨入嗣为曹寅之子，其时最大也不过二十岁。他这两点考据，并无疑问，下面是他的推论：

>……曹頫……至康熙五十七年才当二十三岁，假定始生雪芹，一岁，到雪芹十三岁时，曹頫该年才三十五岁，然而《红楼梦》叙宝玉至十三岁时，"贾政……忽又想起贾珠来……自己的胡须将已苍白……"（第二十三回），已然不是四十岁上人的光景……再次，宝玉之上，有元春，有贾珠，贾珠娶妻生子，贾兰才小宝玉两三岁，则雪芹断非头二胎，第十八回亦言"贾妃念母年将迈，始得此弟"，合起来看，谓雪芹生于康熙五十七年，绝难相合。即令生于雍正二年，到十三岁曹頫亦不过四十一岁，仍旧只嫌其早，而不嫌其晚。（按：此言贾政四十一岁不大像"胡

须将已苍白"的样子也。)

　　读者请注意，周汝昌是绝对相信曹雪芹笔下所记，一无虚假，元春、贾珠亦确有其人，那么请问，曹颟是哪一年生曹雪芹的长兄（贾珠）的呢?

　　照周汝昌在《雪芹生卒与红楼年表》所记：当雍正八年时，雪芹七岁，曹颟三十三岁，侄（贾兰）五岁。假定其长兄（贾珠）十六岁结婚，十七岁生子，则该年如在世应为二十一岁，虚岁上推二十年，康熙四十九年生，一岁。而其时曹颟只十五岁，就算曹家有早婚的传统，而且结婚第二年即生子，曹颟也非得十四岁结婚不可，这已然大不近情理了，正如他自己所说的，"大儿子小爸爸"，年纪将"犯冲突"，而况该年（康熙四十八年），曹颙刚刚上京当差，还未结婚，曹颟年岁不足而又婚在兄前，无论如何是不可能的事。

　　我举出他的这个矛盾，不足以直接证明曹雪芹非生于雍正二年，但可间接证明周汝昌的论断不够科学，他从贾政的"胡须"，去找年龄的答案，不能令人心服。

四、子虚乌有的"元妃"

周汝昌的所谓一个"积极的理由",即上文所提到的《雪芹生卒与红楼年表》(以下简称"年表"),他说:

> 我的办法是把《红楼梦》全部读过,凡遇年日季节的话,和人物岁数的话,都摘录下来,编为年表,然后按了上推所得的生卒年把真朝代年数和小说配合起来,看一下符合到什么地步。
>
> 我配合的结果,两者符合的程度竟是惊人的,而且还有出乎意料的证据。符合的是:从雪芹出生配合宝玉降世起,到雪芹十三岁,书中宝玉也正好十三岁。书中这一年,就是从第十八回起叙至第五十三回止的一年——最详细也就是最重要的一年。这一年也刚刚就正是真史上最重要,关系曹家最巨的乾隆改元……

在《年表》之后,他说:

> ……这样一部大书,百十万言,人物事情,繁杂万状,而所写岁时节序,年龄大小,竟而如此相合,井然不紊,实在令人不能不感到惊奇!偶尔也有两三处欠合的,皆

非重要，从整个著作看，实在提不到话下。……

这样真年数与小说年表的配合结果如此恰当，实出我初意料想之外。假如依胡适的四十五岁的说法，配上去，倒无不可，只是最重要的"第十三年"便要落到雍正八、九年上，那时曹家北归不久，倒霉得正不可开交，怎么写成全书中最高兴的一年呢？

综合我的证据，我坚持我的意见：曹雪芹是生于雍正二年（1724，甲辰）的初夏，……而他的小说，不独人物情节是"追踪蹑迹"，连年月日也竟都是真真确确的。

从这段话看，其踌躇满志的神情，溢于言表。同时也可以看出，考证《红楼梦》和曹雪芹的年龄，最重要的是他十三岁的那一年。这一年中的大事是"元妃省亲"，如果元妃有其人，则大观园的地点有着落，曹雪芹十三岁那一年在何处有着落，从而年龄问题也有着落，所以"元妃省亲"四字，尤为关键所在，首先有加以一考的必要。

然而，我踌躇久之，竟不知从何考起？因为曹雪芹对虚构的"元妃"，还说得"像煞有介事"；而周汝昌一口咬定必有其人的"元妃"，竟连他自己都弄不清楚是怎么回事。他引《清会典》所载皇贵妃仪仗，与《红楼梦》第十八回元妃归省所叙卤簿相比，下断语说：

　　所叙竟全合。……皆非虚揣妄测可比。可见雪芹必
曾身经目见。

又说：

　　雪芹写元春归省，礼仪卤簿，偌大场面，井然不紊，
若未身经，单凭虚构，未必写得如此生动得当。《红楼梦》
书中的官阶，都有夸大，则"皇贵妃"一名，应亦减等视之。

又说：

　　元春未必即是妃，可能是嫔以下的等级，因此史册
上不载。

　　那么贾元春到底是次于后的"皇贵妃"，还是下皇贵妃三等
的"嫔以下的等级"？是嫔，则曹雪芹不当看到"皇贵妃"的卤簿，
是"皇贵妃"则何以又说"可能是嫔以下的等级"？
　　其次是所谓"东宫"，《年表》中叙说：

　　一日，贾政生辰，忽有元妃晋封讯。按赖大云：如
今老爷又往东宫去了。是指乾隆尚为太子时事明甚。

按：清朝自康熙以后，即废立储之制，皇子成年后，在宫外分府另居，即位后移居宫内，此亲王府通称"潜邸"，自是取龙潜于渊之义，何来"东宫"与"太子"之说？同时，亲王郡王的妻妾称"福晋""侧福晋"，更无所谓"晋封"之事。凡此都是曹雪芹故留破绽自明其假托的笔法，而周汝昌竟信以为真，岂不可怪？

最荒唐的还是他强作解人，引乾隆即位后，准亲王贝勒于岁时令节各迎太妃于邸第的上谕，谓：

> 乾隆于雍正十三年秋即位，十二月已有此旨，则前此起意与转年建元，准嫔妃才人回家，正合符契。

此附会其词的论据，就算能够成立，但起造"省亲别墅"，照他的算法在雍正十二年，那么，难道"宝亲王"（乾隆为皇子时的封号）预知明年将登大位，便可有权"准妃嫔才人回家"，所以早早告知贾政起造"省亲别墅"，以便"启请内廷銮舆入其私第"？

总之，周汝昌所举元妃省亲必有其事的证据和理由，支离破碎，合在一起来看，简直不成话说。至就曹家的实际情况而论，我们亦找不出任何迹象，说他家有个女儿，曾被选入宫，即令真有其人，也决非贵妃，然则省亲之事，岂非子虚乌有？

　　周汝昌所制的《年表》，毛病还多，绝难取信于人，如林语堂先生就是。不过攻一说易，立一说难，而且后说能立，则前说不攻自破，因此，我应该进行第二段的证明，证明曹雪芹的年龄在四十五岁以上，幼年所经历的"极繁华绮丽的生活"是在金陵，而非北京。

五、雍正五年以后

　　第一个理由：每一个了解曹雪芹的身世的人，都应该想到，曹𬤊抄家以后，回到北京，由他的后任隋赫德，"酌量拨给"在京的房屋以供居住，就不可能再有《红楼梦》中所描写的那样的气派。

　　家道中落，其一。天潢贵胄、冠盖如云的天子脚下，有什么人把一个抄了家的六品小主事放在眼里，"秦可卿"如果死在北京，何至于会有"东、南、西、北"四王来祭？其二。即令"百足之虫，死而不僵"，依然还有相当的财势，可是雍正的作风，曹家已经亲自领教了，试问以戴罪之身，还敢摆那样钟鸣鼎食的排场吗？其三。

　　还有一个不大为人注意的小节，却是一个极其重要的反证：清朝开国鉴于前明之失，对太监加意防闲，严禁干政，雍正、乾隆两帝，尤其峻厉，乾隆三十九年太监高云从泄漏记名人员名单，

审问属实，高云从处斩。案中牵涉到大学士于敏中，当时虽仅交部议处，但传说他病喘未死之时，乾隆赏他一件棺殓用的陀罗经被，暗示他自杀，后来又比之为严嵩，即因他交结太监之故。又如乾隆巡幸滦河，巡检张若瀛杖责不法内监，特擢七级，即是有意制抑太监使其不敢为恶。照此看来，《红楼梦》十三回，写"大明宫掌宫内监"戴权公然卖官一节，如在雍、乾之际，就不大可能。不过，康熙时情况比较不同，曹寅密折中，常有"太监梁九功传旨"的字样。又康熙五十九年曹頫折朱批："今不知骗了多少瓷器！朕总不知，以后非上传旨意，尔即当密折内声名（明）奏闻，倘瞒着不奏，后来事发，恐尔当不起，一体得罪，悔之莫及矣。……"曹雪芹写夏太监需索，当本此而来，但必定是在曹頫织造任内，抄家以后就没有什么秋风可打了。

其次，是地点问题。周汝昌对此有专章讨论，根据曹頫折子"所有遗存产业，惟京中住房二所，外城鲜鱼口空房一所"，认为"住房二所，很像'宁、荣二府'"，从而涉及曹子猷的芷园，说是"影影绰绰的大观园"。按雍正六年曹頫抄家后，隋赫德一折云：

> ……再曹頫所有田产房屋人口等项，奴才荷蒙皇上天恩浩荡，特加赏赉，宠荣已极……曹頫家属蒙恩谕少留房屋，以资养赡，今其家属不久回京，奴才应将在京房屋人口，酌量拨给。

既云"少留"，又云"不久回京"，则所谓"酌量拨给"，即是曹家原有的"京中住房二所，外城鲜鱼口空房一所"的一部分，彰彰明甚。鲜鱼口空房自不必谈，如是另外两所住房，无论如何也不会像书中所写的宁荣两府那样的规模，大观园更不用提了。当时的北京，除了王府赐第以外，做官发了财的，多在原籍置产，绝不会在北京大治园林，因为享用不长（调任外官或退休回籍），而且帝辇之下，耳目众多，大起楼台岂不是自己挂贪污的幌子？

同时，房屋的大小与人口的多寡，必成正比，那样大的房子，得多少人来管理？曹寅康熙四十八年谋移婿居，在折中有"拟于东华门外，置房移居臣婿，并置田庄奴仆，为永远之计"的话，可见他在京本无多少奴仆。又，曹𫖮抄家以后，在金陵的"人口"已赏给隋赫德，在京的"人口"则是"酌量拨给"，而现在写宁荣两府"家生子"与"非家生子"，三代俱在，毫无星散之象，怎可能会是雍正六年以后的情况呢？

六、敦敏、敦诚与曹雪芹

再就"同时人的证见"来看，首先得注意敦诚、敦敏他们的诗，胡先生在他的考证中，引过六首，我所知道的，共有十一首（挽诗算两首），依年份排比如下（见于《胡适文选》及本文已引者，只录题不录全文）：

乾隆二十二年　敦诚

寄怀曹雪芹（内有"扬州旧梦久已觉"句。）

乾隆二十五年　敦敏

雪圃曹君别来已一载余矣，偶过明君琳养石轩，隔院闻高谈声，疑是曹君，急就相访，惊喜意外，因呼酒话旧事，感成长句：

可知野鹤在鸡群，隔院惊呼意倍殷。

雅识我惭褚太傅，高谈君是孟参军。

秦淮旧梦人犹在，燕市悲歌酒易醺。

忽漫相逢频把袂，年来聚散感浮云。

同年　敦敏

题芹圃画石

傲骨如君世已奇，嶙峋更见此支离。

醉余奋扫如椽笔，写出胸中块磊时。

乾隆二十六年 敦诚

赠曹芹圃（内有"废馆颓楼忆旧家"句。）

同年 敦敏

赠芹圃（内有"秦淮风月忆繁华"句。）

同年 敦敏

访曹雪芹不值

乾隆二十七年 敦诚

佩刀质酒歌

乾隆二十八年 敦敏

小诗代柬寄曹雪芹

东风吹杏雨，又早落花辰。好枉故人驾，来看小院春。

诗才忆曹植，酒盏愧陈尊。上巳前三日，相劳醉碧茵。

乾隆二十九年 敦敏

挽曹雪芹（初稿两首，改定一首，俱见前。）

同年 敦敏

　　河干集饮题壁兼吊雪芹

　　花明两岸柳霏微，到眼风光春欲归。

　　逝水不留诗客杳，登楼空忆酒徒非。

　　河干万木飘残雪，村落千家带远晖。

　　凭吊无端频怅望，寒林萧寺暮鸦飞。

　　试看以上各诗，"扬州旧梦久已觉""秦淮旧梦人犹在""秦淮风月忆繁华"等句，无一不是证明曹雪芹的"繁华梦"在南非北。敦诚"废馆颓楼忆旧家"句，与敦敏同年（乾隆二十六年）同题（《赠芹圃》）"秦淮风月忆繁华"句合着，当然也是指的金陵。

　　我认为最重要的是乾隆二十五年敦敏的那首七律。此诗全为写实，而且层次井然，由"雅识"一联，可知在此以前，敦敏还不如他弟弟敦诚那样与曹雪芹相知有素，经此一番"话旧"，才有更深一层的了解。所谓"话旧"当然是指"秦淮旧梦"（如所"话"为敦敏与曹雪芹之"旧"，则诗中应提到"虎门"——八旗宗学），"人

秦鐘

犹在"三字，明指曹雪芹是亲历"秦淮旧梦"的人，下接"燕市悲歌酒易醨"七字，紧扣小序"呼酒"语，拉回实境，见得曹雪芹当时酒入愁肠的情态。此诗格律严谨，除开头"鸡群"两字对"隔院"的人有些不客气以外，通首到底只叙作者与曹雪芹两人之间，呼酒话旧，不及他人。周汝昌把"人犹在"三字，解为"红楼梦书中人犹在"，意在否认曹雪芹曾历"秦淮旧梦"，是没有效果的。

　　归纳敦敏、敦诚的诗，还可以得到一个反证，如果曹雪芹北返以后，曾有过像周汝昌所肯定的那样豪华的生活，何以他们的诗中只字不提？敦敏弟兄对曹雪芹的身世很清楚，而且相当同情他的遭遇，在交游上，特别是曹雪芹死前数年，时有往还，果真曹家在北京有个已成为"废馆颓楼"的"大观园"，岂能不去凭吊一番，形诸吟咏？这个消极的证据，在"秦淮旧梦人犹在"这一积极的证据反衬之下，特别显得有力量。

　　敦敏、敦诚论交的经过，有个叫吴恩裕的人，在《有关曹雪芹八种》这部书中，作过很好的考证。他考出敦诚于乾隆二十二年在喜峰口《寄怀曹雪芹》的诗中，所谓"当时虎门数晨夕"的虎门，乃指"八旗宗学"，典出《周礼》："周之师氏居虎门左"；果毅亲王允礼作《宗学记》更明白指出："即周官立学于虎门之外，以教国子弟之义也。"敦敏、敦诚诗中，"虎门"二字迭见，而寻绎诗意，亦无一非指学塾，如"虎门绛帐遥回首"等等。

　　敦诚于乾隆九年初入宗学读书时，才十一岁，敦敏也在宗学读书，年十六岁。敦诚诗中所说的"当时"，吴恩裕认为：

> 不应当指敦诚初入宗学时的乾隆九年。因为十一岁的敦诚是无论如何不能欣赏三十岁的曹雪芹那种"接䍦倒著容君傲，高谈雄辩虱手扪"的风度的。而是应该指乾隆十四五年左右，敦诚年已十五六岁，他的哥哥年二十至二十一岁，曹雪芹则三十四五岁的时候。这时，不但二十多岁的敦敏，就是十五六岁的敦诚，也能够欣赏曹雪芹那种疏狂傲岸的态度了。

这段话说得很中肯。但我可进一步补充：非三十四五岁的曹雪芹，也不可能有那种疏狂傲岸的态度。因为个性的成型和发展，需要有时间的过程。曹雪芹绝不是矫揉造作的人，他的时代也不是王猛的时代。魏晋之际，乱头养望，扪虱高谈，是一种"术"，而康雍乾三朝，全盛时期的旗人，正在讲究饮馔服饰，那么，以纨绔出身的曹雪芹，变成如此不修边幅的名士派，得要多少年呢？如照周汝昌之说，乾隆十三四年时，曹雪芹才二十五六岁，是不是已能形成此种性格，姑且不谈；但二十五六岁的青年，如出之以疏狂傲岸的吊儿郎当的姿态，颇难令人容忍，则是一定的。敦诚诗中"容君傲"的"容"字，正以其年龄大得太多，才能被"容"。

曹雪芹在八旗宗学干什么呢？他不是宗室，而且早过入学的年龄，所以绝不是敦诚、敦敏的同窗，吴恩裕说有"两个可能"："不是做小职员，就是做助教。"我认为小职员的成分居多，因为敦诚、敦敏题赠曹雪芹的诗，都是出于怜才之一念，视之为友的口吻。以"虎门当时数晨夕，西窗剪烛风雨昏"两句看，可知曹雪芹住在宗学里面；那么，《红楼梦》必有一部分写成于"虎门"，敦诚、敦敏是不是他的最早的读者？他们有没有提供过任何意见？都是值得研究的问题。

七、何时开始写《红楼梦》

关于曹雪芹的年龄问题，我们还可以从他的创作过程去研究。

周汝昌综合甲戌、庚辰两脂本的朱批，考定《红楼梦》在曹雪芹生前，即已经过五次批阅，每次评阅相去约两三年之久，"抄阅再评"在甲戌（乾隆十九年），那么首评上推两年，在乾隆十七年"前四十回当已撰成"，这推论是合理的。

按甲戌本第一回前有七律一首，最后两句是："字字看来皆是血，十年辛苦不寻常。"假定"首评"时即有此诗，则开手初写时，当乾隆七年；即以甲戌而论，最晚亦在乾隆九年，照周汝昌"四十"之说，乾隆九年，曹雪芹才二十一岁，这就有两点疑问，不能不加以研究。

第一，其时曹家当已败落，"二十一岁"的曹雪芹，谋生之不遑，哪里会想到去写小说？按中国文学创作的情况来说，不外乎两类：环境优裕，或至少不愁生计，耽于吟咏，刻意求工，在少年时期，即有相当成就，此类可以纳兰容若为代表。此其一。赋性不合时宜，到处碰壁，中年穷愁潦倒之际，或未能忘情于名利，或者胸中有股突兀不平之气，借稗官说部以为发泄，此类可以吴敬梓为代表。此其二。以"二十一岁"时的曹雪芹来说，两类皆不合。

　　第二，写小说，特别是写实主义的小说，生活经验是先决条件。以《红楼梦》的接触面之广、人物之多、刻画人情世态之深刻，无论如何不是曹雪芹在"二十一岁"时所能办得到。

　　或谓：曹雪芹是天才，不可一概而论。不错，我绝对承认曹雪芹是天才，但是生活经验是没有东西可以代替的，二十一岁的天才，可能推翻"相对论"，可能胜过贝多芬，但不可能写出一部世态百相、形容入妙的大小说。

　　或谓：曹雪芹写了十年，大可以一面吸收，一面发挥。这话似是而非，因为曹雪芹不是在写"聊斋型"的笔记小说，写一条算一条。这样一部预定要写百回以上的大小说，如果不是就完整主题、全盘结构、人物造型、场景安排等等，大致了然于胸时，岂可贸然下笔？

　　说到最后，顶顶明显的还是创作冲动的问题，若非阅尽繁华，饱历辛酸，追忆往事，痛悔莫及，千万遍思量，产生非写不可的创作冲动，就不可能维持十年之久。

因此，如说曹雪芹在二十一岁就开始写《红楼梦》，照我所了解的小说作者在创作时所必需的条件而论，我绝对不信。以我的推论，曹雪芹在乾隆九年时，正当三十岁，就是此时开始写《红楼梦》，也已非具有相当丰富的社会经验和相当的天才的人不办了。

八、无稽的新帝宠信说

周汝昌的错误在太执着，执着于"四十年华"那句诗；太主观，主观认定乾隆改元后，曹家出现"中兴"的局面，才有"全书中最热闹最高兴的一年"。我在写《我看红楼》一文时，对此说将信将疑，深入研究，才知大谬不然，除前面的论证以外，还有两点，须得一辩。

第一，他说曹家"当中有允禵、允禟关系一段，始抄家败事"。所举证据是雍正六年七月（按：此时已是抄家以后）隋赫德一折：在江宁织造衙门左侧万寿庵，查出镀金狮子一对，系康熙五十五年塞思黑（满语"猪"，雍正为允禟所改的名字）到江宁铸就，因铸得不好，交曹𬱟寄顿庙中。按康熙诸子争位事，为清朝一大疑案，曹家既迟至五年年底抄家，又"蒙恩谕少留房屋"；而此折一上，后情又不可考，只知曹𬱟依然健在，那么，有什么理由可以相信曹家是此政治斗争中的牺牲品呢？最妙的是周汝昌引隋折以后又说："此事后情详细则不可考，疑有拯曹氏未致一败涂地者。"此更令人费解了。

第二，雍正十三年秋，乾隆即位，追封曹振彦为资政大夫，曹頫起官内务府员外郎，周汝昌据以为获"新帝之宠"的证据（当然，照周的看法，主要的是"元妃"的关系）。其实诰命追封，事极平常，曹頫起官，亦不过起复旧员通案中的一个，如何可说是"获新帝之宠"？如真获宠信，该再回江宁当织造才是。乾隆是一个最爱用私情的人，而且宠信甚专，福康安弟兄（乾隆内侄）一门煊赫；和珅用事数十年；刘石庵父子宰相；纪晓岚充了军又召回。如果曹頫是椒房贵戚，绝不至于只当一个小小的员外郎。至于说"是后曹氏似遭巨变，家顿落"，则以前提（所谓"中兴"）既遭否定，假设（所谓"巨变"）自难成立，无须枉费求证的功夫了。

总结我以上一、二两段的论证，有利于周汝昌"四十"之说的，充其量只有"四十年华付杳冥"那一句诗；其余从他的家世、遭祸情况、个人经历、与敦诚敦敏弟兄的交游，以及创作过程等等来说，无一不是显示曹雪芹死时，得年在四十五岁以上。

但是，说四十五岁以上，到底还只是一个说得通的假定，究竟有多少岁呢？

因此，我还得进行最重要的第三段的证明。当我研究已有结论，动笔写本文以前，为了想尽可能多了解曹雪芹的身世，曾托人抄了吴恩裕谈"虎门"的一节文章，已见前述。在他的考据中，叙敦诚于乾隆九年入宗学之后，有一段括号以内的文字："（关于曹雪芹的年龄，是按曹颙的遗腹子计算的，若以雍正二年的说法计算，则是年应为二十一岁。关于此点，还可以讨论。）"我不知吴恩裕何所据而云然？也不知另外还有什么讨论的文字？但我有确确实实的证据和理由可断定曹雪芹是曹颙的遗腹子，就必定生于康熙五十四年，一而二，二而一，乃是在一个答案中解决了两个问题。

九、马氏怀孕上达天听

为行文方便起见，容我先将曹寅死后的情况，作一简述。

康熙五十一年六月，曹寅至扬州书局，料理《佩文韵府》的刻工。七月初感受风寒，转而成疟，托他的妻舅苏州织造李煦乞求"主子圣药"，康熙即颁"金鸡挐"，驿马星夜赶递，"限九日到扬州"，朱批李折"你奏得好"，并详示金鸡挐的服法，最后嘱咐："若不是疟疾，此药用不得。万嘱万嘱万嘱！"

药到扬州，曹寅已经去世。李煦上一折，说曹寅亏欠公款，无赀可赔，身虽死而目未瞑，现以视盐任满，乞求代管一年，以完其欠。按自康熙四十三年起，曹寅与李煦奉特旨：十年轮视淮盐（即一年一轮担任"巡视两淮盐务监察御史"，是有名的"阔差使"），下一年该曹寅轮值，所以李煦有"代管"之请。康熙批云："曹寅于尔同事一体，此所奏甚是。唯恐日久，尔若变了，

只为自己，即犬马不如矣。"康熙五十二年初，曹寅的独子曹颙奉"特命"继承父职，管理江宁织造，时年十九岁左右。八月，复差李煦巡盐。"代管"的一年，余银五十八万余两，除清完亏欠外，尚多三万六千余两。十二月，曹颙将此余银"恭送主子，添备养马之需，或备赏人之用"，康熙朱批："当日曹寅在日，唯恐亏空银两，不能完，近身没之后，得以清了，此母子一家之幸。余剩之银，尔当留心，况织造费用不少，家中私债，想是还有，朕只要六千两养马。"

到康熙五十三年，十年轮管盐务任满，李煦贪心不足，以亏欠甚巨为理由，复请继任。这一次康熙没有答应他，点了"实能效力盐务"的两淮盐运使李陈常为巡盐御史，并嘱李陈常为李煦偿补亏欠。其时曹颙在织造任内，又有了新的亏空。同年冬，曹颙、李煦、曹頫一同进京，曹颙病故。

曹寅的妻子李氏，在三年以内，夫死子亡，而且还亏欠着公款，真已濒临了家破人亡的命运，但想不到绝处逢生，康熙替她处分了家务，特命曹頫出继为曹寅之子，并承袭江宁织造之职，同时又命李陈常代为清补曹颙任内的亏欠。李氏得到消息以后，感激得亲自"赴京恭谢天恩"，这是逾越体制的行为，所以"行至滁州地方"，为李煦"飞骑"拦了回去。

曹頫即是《红楼梦》中的贾政，那应该没有问题。他大概是曹宣的幼子，排行第四，曹寅有"予仲多遗息，成材在四三"的诗句，长次不知名，"三侄"名颀，善画，四侄可能就是曹頫。

曹宣官侍卫，家居京师，但曹頫从小就住在他伯父伯母那里，康熙五十四年七月十六日折"奴才自幼蒙故父曹寅带在江南抚养长大"，可证。我们可以想象得到，康熙即因曹頫与李氏情如母子，才让他承嗣袭职，以期他能孝顺老母，敬重寡嫂（曹颙之妻马氏）；否则，照中国宗法上的习惯，不应以二房的幼男为长房的继嗣。

但是，在这时还不能断定，说曹寅就没有他自己的亲骨血了。康熙五十四年三月初六日，曹頫接江宁织造任，次日上谢恩折，中间有一段说：

> 奴才之嫂马氏，因现怀妊孕，已及七月，恐长途劳顿，未得北上奔丧。将来倘幸而生男，则奴才之兄嗣有在矣。

这几句话太值得注意了。因为依照中国的伦理观念，这个怀在马氏肚子里的孩子，乃是曹寅唯一的嫡亲的孙儿或孙女，其为李氏所重视，不言可知，那么后情如何，该有个着落；同时康熙对曹家的家务既然关怀备至，而且马氏怀孕之事，已经"上达天听"，是则无论生男生女，或者夭殇，曹頫亦必定有折奏报，而竟无有，岂不可怪？

如果当年在故宫所找到的全部康熙朝的密折，能让我们细细

检查一遍，问题或易于解决，无奈此时此地办不到，因此，我只有作大胆的假设。此假设不外乎四种：生女夭殇；生女长养成人；生男夭殇；生男长养成人。如是前三种，可以不必细考，如是第四种，即曹颙的遗腹子长养成人，则以其在曹氏家族中的特殊地位，必当为曹雪芹所提到，那么在《红楼梦》中是哪一个呢？贾琏不像，贾珍更不像，难道就是宝玉？

当我一想到这个"远在天边，近在眼前"的人物，真所谓恍然大悟，就那一瞬间，各种证据，不求自至，恰如永忠吊曹雪芹的诗"都来眼底复心头"，向之不可解者，如宝玉出生何以写得如此离奇，贾母何以如此钟爱宝玉，贾政与宝玉之间何以看来总像缺乏父子之爱等等，似乎都易于索解了。

现在我从《红楼梦》中找四条证据献给读者。

十、证据一：生日正在初夏

《红楼梦》第六十三回"寿怡红群芳开夜宴"，写的是四月里的光景，周汝昌说曹雪芹生于"初夏"，即本此。何以知是四月？因当天白天"憨湘云醉眠芍药裀"，当天晚上，宝玉说"天热"，但"脱了大衣裳"，身上还穿着"紧身袄儿"，如是五月，则应写照眼的榴花，又不当"大衣裳"之内还穿"紧身袄儿"。故知是四月。

何以知是中旬？因宝玉生日第二天，贾敬服"丹砂"而亡，尤氏计算因国丧在"孝慎县"守陵的贾珍，"至早也得半月的功夫"，方能赶回，"目今天气炎热，实不能相待，遂自行主持入殓"。贾珍星夜奔丧"择于初四日卯时请灵柩进城"，则到家之日，必在月初，否则应写"择于'出月'初日"，由月初上推半个月，故知是中旬。

按曹𬱟康熙五十四年三月初七日折，谓马氏怀孕"已及七月"，则四月中旬生产，合怀孕八个半月，乃是极普通的现象。又康熙五十年，曹寅得家报得孙（时曹颙在京当差），张云章《朴村诗集》有《闻曹荔轩（曹寅别号）银台得孙却寄兼送入都》一诗可证，但参看"将来倘幸而生男，则奴才之兄嗣有在矣"的话，可知五十年所生者，必已夭殇；而曹雪芹行二，又无可疑。

十一、证据二：恰好十三岁

周汝昌《雪芹生卒与红楼年表》排比第十八回后半至五十四回，均叙宝玉十三岁一年间事，林语堂先生亦指第十八回至五十三回事在一年之中，苏雪林先生则以宝玉的年龄，始终跳不出"十三岁的大关"而深滋困扰，于此可知，确定曹雪芹十三岁那一年，到底在何时何地？成为解决其年龄问题的主要关键。

按康熙五十四年（1715）生，依中国虚龄计算，落地一岁，则至雍正五年正好十三岁。这一年底曹家抄家，翌年北上，故曹雪芹十三岁那一年，在其个人是生活的分水岭、命运的转折点，实具有不可磨灭的惨痛纪念。

周汝昌说胡先生推断曹雪芹生于康熙末年的理由，其二是："因为曹雪芹如果生得晚，就赶不上曹家的繁华，所以要把'四十年华'放长五年，特意叫他赶到康熙末年，经一经所谓当年的繁华。后者的论断，实在可笑得很。"现在由于自然而为产生的结果，证明曹雪芹确是赶上了"当年的繁华"；反而是周汝昌为了要使得曹雪芹回到北京以后，仍有一番繁华可"赶"，特意安排一个毫无根据的"乾隆改元，曹家中兴"之说，变得"可笑得很"了。

十二、证据三：贾政似周公旦

《红楼梦》中人名，常是另有含义，如甄士隐为"真事隐"、贾雨村为"假语村（言）"、单聘仁为"善骗人"、秦可卿为"情可轻"等等，不一而足。

甄之为真，贾之为假，乃是确切不移的谐音，因此贾政就是"假政"，贾政字曰"存周"，合起来看，明明用的是周朝初年的典故。

按："武王克殷二年，天下未宁而崩。此乃周初一个最严重的局面，不得已乃有周公之摄政。"（钱穆先生《国史大纲》）此即所谓"存周"；"假政"之为"摄政"，也就不言可知。周

公与武王之子成王为叔侄，这不是明明告诉读者，曹頫与雪芹也是叔侄？

依曹氏的家世与《红楼梦》中所描写的贾政之为人来看，曹雪芹安排"贾政字存周"的用意，当在说明以下三点。

第一，江宁织造一职，在曹玺、曹寅、曹頫三世，都是父死子继，如果曹頫不是早亡，等曹雪芹长大成人而圣眷依然不衰，则雪芹亦必可承袭此职。其间出现兄终弟及的局面，乃是不得已的变格，与武王崩，成王幼，周公出而摄政的史实相类，所以贾政这个名字，具有极好的象征意义。

第二，就曹寅之妻李氏来说，三年之内，夫死子亡，后嗣莫卜而官课待补，正面临着一个所谓"最严重的局面"。曹家子弟虽多，但康熙所眷顾者只是曹寅，若无为李氏视如己出的曹頫，使康熙深信其必能孝母敬嫂，即不会有令其承嗣袭职的最佳安排。所以曹頫的"假政"，虽是侥来的富贵，但从另一角度看，亦正有"存曹"之功，否则，就连以后十三年的繁华，亦不可得了。

第三，曹頫视曹寅夫妇，恩逾父母，在感恩图报的心情之下，必有一番打算，"假政"以后终有"归政"的一天，如果希望曹雪芹在他死后，具有继承其织造一职的能力，那么从小督责极严，也就无怪其然。

总之，从"贾政字存周"这个名字中，不但百分之百确定了曹頫与雪芹的关系是叔侄而非父子，并且可以帮助读者了解曹頫的处境与态度，是个很重要的证据。

十三、证据四：第三十三回大有文章

此一证据等于"证据三"的引申，即是我们从《红楼梦》的本身去求解释，也就是排除史学上的障碍以后，用文学的观点来看《红楼梦》，才知道许多形容入妙、极其委婉深刻的好文章，被我们忽略得太久了。特别是第三十三回宝玉"大受笞挞"，贾母与贾政发生冲突那一大段，照雪芹是李氏唯一的嫡亲孙儿，曹頫为李氏的嗣子、雪芹的叔父这一层实际关系来看，内蕴的精义全出，试为分段析释如下：

> （原文）正没开交处，忽听丫鬟来说："老太太来了。"
> 一言未了，只听窗外颤巍巍的声气说道："先打死我，再打死他，就干净了。"

（解）祖母疼孙儿，事极平常，但护短从无如此说法；祖孙结成联合阵线，视第二代为外敌，更悖乎情理。以血统而论，曹雪芹如为曹頫所出，则父子是真，祖孙是假，亲父管教亲子，以中国旧时的传统，旁人只可解劝，无权干涉，现在竟劳只有过继关系的祖母来替"假"孙子拼命，完全不合乎"疏不间亲"的道理。

只有祖孙是真的，父子是假，并且李氏只有唯一的一个嫡亲孙子，才会在过度疼爱之下，急不择言地说出"先打死我，再打死他"八个字；否则，知书达礼的曹老太太，说话就太没有分寸了。

"干净"二字，大有深意，我认为李氏（贾母）对曹頫（贾政）有着很深的误解，她不认为他管教雪芹（宝玉）的动机出于善意，误认为那是一种排斥孤儿寡妇的手段，这场冲突之所以闹得如此严重，即因有意气之争在内。请参阅后解。

（原文）贾政上前躬身赔笑道："大暑热天，母亲有何生气，亲自走来？有话只该叫了儿子进去吩咐。"贾母听说，便止住脚，喘息一回，厉声道："你原来和我说话，我倒有话吩咐，只是可怜我一生没养个好儿子，却叫我和谁说去？"贾政听这话不像，忙跪下含泪说道："为儿教训儿子，也为的是光宗耀祖，母亲这话，我作儿的如何禁得起？"贾母听说，便啐了一口，说道："我说了一句，你就禁不起；你那样下死手的板子，难道宝玉就禁得起了？你说教训儿子是光宗耀祖，当初你父亲是怎么教训你来的？"

（解）"可怜我一生没养个好儿子"，意味亲子已死继子不能孝亲承志，这对贾政是极严厉的指责，所以"这话不像"；"不

像者"，贾政看贾母的来意，不像是单纯地为了心疼宝玉，所以忙着跪下解释其教训宝玉的原因。如果真的是嫡亲父子，则严父教训，自然出于望子成龙之意，旁人不会怀疑，本人更无须解释。

"你说教训儿子是光宗耀祖，当初你父亲是怎么教训你来的？"李氏（贾母）这两句话，就表面看并无疑义；细一研究，却又不然。此处"你父亲"三字，自然是指曹寅，但曹寅在日，曹頫是以侄儿的身份为伯父所抚养，承嗣袭职都是曹寅身后之事；此日说"你父亲"固然不错，当初则是伯父教训侄儿，这与父亲教训儿子，血统不同，亲疏有别，难以类比。只有曹頫与曹雪芹是叔侄关系时，贾母的话才说得通，其意若谓：你伯父当初教训你这个侄儿，如何慈爱；你今天教训你的侄儿，竟用"下死手的板子"打他，是何道理呢？

（原文）贾政又赔笑道："母亲也不必伤感，皆是作儿的，一时性起，从此以后，再不打他了。"贾母便冷笑道："你也不必和我赌气，你的儿子，我也不该管你打不打。我猜着你也厌烦我娘儿们，不如我们早离了你，大家干净。"说着，便命人看轿马："我和你太太、宝玉，立刻回南京去。"

（解）贾母的话，照前一段看，是要留下宝玉（不该管你打

不打）和王夫人回"南京"去，但下一段话又要带走宝玉，可知"你
的儿子"云云是作者故弄玄虚、欲真还假的笔法。此"我娘儿们"
四字包括贾母自己和王夫人母子，与贾政（曹𫖯）相对的亲疏关系，
表现得非常清楚。王夫人或系雪芹之母马氏。南京建都，始于东晋，
王敦、王导兄弟大用，当时有"王与马，共天下"之谣，马氏假
托为王夫人，疑本此而来。

　　一则曰"厌烦我娘儿们"，再则曰"我们早离了你，大家干净"，
真是俗语所谓"话里有骨头"，贾母把贾政打宝玉，看得别有用心，
岂不显然？

　　（原文）贾母又叫王夫人道："你也不必哭了，如
　今宝玉年纪小，你疼他；他将来长大，为官作宦的，也
　未必想着你是他的母亲了。你如今倒不要疼他，只怕将
　来还少生一口气呢！"贾政听说，忙叩头哭道："母亲
　如此说，贾政无立足之地。"

　　（解）贾母对王夫人说的那段话，乃是借题发挥，人人皆知，
但是究竟意所何指？过去我从未想到应该深究，现在才知道写得
确切不移，妙到颠毫。原来贾母的意思是：你小时候，我把你当
自己亲生的儿子一样疼你，到长大成人当了织造，就不把我放在
眼里了。如果当初我不疼你，就不会有承嗣袭职这回事，那么，

今天要生气也就无从生起。我们可以想象得到，贾母认为最痛心的是，排斥她的不是别人，竟是自己一手抚养提携才造成今天的地位的曹頫。此即所谓"少生一口气"。

现在我们来看这一冲突的过程，贾母先则曰"可怜我一生没养个好儿子"，乃指责贾政不孝；再则曰"回南京"，等于变相地宣布断绝母子关系；而这一番借题发挥，又无异痛责贾政忘恩负义。这话要传出去，贾政岂不成了"名教罪人"？所以"忙叩头哭道：'母亲如此说，贾政无立足之地。'"的确，不孝尊亲，言官可以参劾，此在仕途中无立足之地；母子关系被否认，则在家族中无立足之地；忘恩负义，为任何人所不齿，并在社会中亦无立足之地了。

按：贾政对母亲说话，不当自己称名。此层颇为人所诟议，但在当时的情况下，为强调个人人格的最后立场，对本非所从出的过继之母，自己称名，我以为亦不算太离谱。

（原文）贾母冷笑道："你分明使我无立足之地！你反说起你来。只是我们回去了，你心里干净，看有谁来不许你打？"

（解）俗语说"打狗看主人面"，既知宝玉是贾母的"命根

子"，则打宝玉，就是打击贾母，或者说是向贾母示威。李氏（贾母）始终误认曹頫（贾政）要否定她的地位，所以才"冷笑道：'你分明使我无立足之地！'"

"干净"字样，片刻之间凡三见，此处更谓"心里干净"，越发露骨了。

十四、假事真情

本文的考据工作，就我现在所能看到的材料来说，只能做到这里为止。如果我的结论能为读者所接受，那么我们在重读《红楼梦》时，将会发现许多新的意义，并更易于了解它的主题。不过，同时，我也为读者带来了新的问题，最明显的是：

◆如果贾政与宝玉是叔侄，曹雪芹为何把他们写成父子的关系？

◆如果"大观园"无其名，"元妃"无其人，为何虚构？

其实这些问题，胡适之先生早就给了我们解答：

《红楼梦》明明是一部"将真事隐去"的自叙的书。（《红楼梦考证》——改定稿）

既然"将真事隐去"，就必须有一部分虚假的情节来代替，这一部分"虚假"的情节，乃是用来发抒"真实"的情感。如果《红楼梦》的时间假、地点假、人名假、情节假，连情感也是假的，那就不成其为一部好小说，更不值得费那么多功夫来做考证研究的工作了。

当然，我这样简单的回答，读者是不会满意的，但如细作论述，将轶出本文的题旨以外。关于《红楼梦》的主题以及曹雪芹为何"将真事隐去"的原因等等，容以后有机会时，另作研究报告以就教于读者。

红楼人物谱

——特权阶级的成因与作用

　　照我研究《红楼梦》作者曹雪芹的身世的结果，我断定曹雪芹生于康熙五十四年四月，是曹頫的遗腹子，也就是曹寅唯一的嫡亲的孙子；《红楼梦》中的贾政应是曹頫，算起来是曹雪芹的叔父。此一结论的证据有四：一、生日正在初夏；二、恰好十三岁；三、贾政似周公旦；四、第三十三回所透露的身份。读者如有兴趣，请参阅《作品》杂志一卷十二期和二卷一期的拙作。

　　其后胡适之先生供给我一条很重要的证据：曹雪芹有一个朋友叫张宜泉，著有《春柳堂诗稿》，在雪芹死后曾作诗吊挽，诗中有一条小注说："年未五旬而卒。"照我的算法，雪芹死年当四十八岁与"年未五旬"之语正合；因此，周汝昌执着于敦敏的那句诗"四十年华付杳冥"，也就可以不辩了。

　　张宜泉的"自注"，我将他列为"证据五"；这里要谈"证据六"，即是"北静王"考。考出"北静王"是何许人，以"北静王"的年龄来印证曹雪芹的年龄。

　　曹雪芹的思想境界不够高，这话是不错的。在他穷愁潦倒之

际，回顾"繁华旧梦"，最使他刻骨铭心、念念不忘的有两件事，第一件是清圣祖南巡六次，曹家接驾四次。中国的帝皇，自汉武以后，除了逃难，大都懒得出远门；建都北方而巡幸江南的，算起来隋炀帝是一个，明武宗是一个，再以后就是清圣祖。其实明武宗也不能算是巡幸，他只是童心不改，自封"总兵"来打他叔叔宸濠，才到过江南；所以清圣祖南巡，不妨说是千年罕有的盛事，而曹家以"包衣"之贱、品秩之卑，只以曹寅与清圣祖的特殊关系，驻跸其家四次之多，布衣家人都得以瞻仰御颜，这在帝皇时代，确是绝无仅有的荣宠。

第二件是曹雪芹的姑母嫁了平郡王讷尔苏。曹家是正白旗包衣，"包衣"者满语相当于家仆之义；正白旗与正黄旗、镶黄旗并称为"上三旗"，天子自将，所以正白旗包衣即是皇帝的家仆。至于平郡王属于镶红旗，但讷尔苏出于清太祖之后，是真正的天潢贵胄。这还不算，最难得的是，讷尔苏是"铁帽子王"。照孟心史先生的考据，清朝有八个铁帽子王，他们与一般亲王、郡王所不同的是，后者有降封之例，一代不如一代；前者则称为世袭罔替，纵或某王因罪废黜，但爵位仍然存在，皇帝必须从他本支的近亲属中，挑选一人袭爵，如做《啸亭杂录》的礼亲王昭梿，照最近出版的《清史稿》记载：嘉庆二十年十一月，"以刑比佃丁欠租，削爵圈禁，以麟趾袭"。麟趾即是他叔叔永恚的儿子（因为昭梿无子）。唯一的例外，是咸丰十一年，"三凶"之一的郑亲王端华，革爵赐自尽，降世爵为不入八分公，没落皇朝，多不遵祖宗"家法"，在雍、乾全盛时代，当不致如此。

最初的八个铁帽子王，都是清太宗皇太极（清太祖努尔哈赤第八子）的兄弟子侄，爵名如下：

礼亲王代善（太祖第二子）

睿亲王多尔衮（太祖第十四子）

豫亲王多铎（太祖第十五子）

郑亲王济尔哈朗（太祖弟舒尔哈齐子）

肃亲王豪格（太宗长子）

承泽亲王硕塞（太宗第五子。后改封号为庄亲王）

克勤郡王岳托（代善长子。后改封号为延禧郡王，再改为平郡王）

顺承郡王勒克德浑（代善第三子萨哈璘之子）

以上最可注意的是，八王之中，代善一支独占其三，讷尔苏即出于代善长子岳托之后。曹家以包衣的身份，竟有一女成为铁帽子王的福晋（不是侧福晋），且由皇帝主婚，自然也足以夸耀的了。

这两点曹雪芹在下意识中自炫的光荣历史，糅合在一起，就创造了"元妃"其人和"归省"其事。但照《红楼梦》书中来看，平郡王讷尔苏似乎没有如何了不起地照应过败落的曹家，这可能是因为雪芹的姑母早死，关系疏远了；更可能因为讷尔苏在曹家抄家之前的半年（雍正四年七月），因旧贿案削爵，泥菩萨过江，无力再来照应岳家。

讷尔苏削爵以后，由他的长子福彭承袭，福彭就是曹雪芹的亲表兄。他在《红楼梦》里出现过没有？是哪一个？

黎东方博士在写《细说清朝》的过程中，附带替我注意到这方面的史料，他告诉我："平郡王就是'北静王'。"根据黎博士的意见深入研究，我认为他道破了真相，而且我还可以补充：只有平郡王福彭才是"北静王"。

《红楼梦》中把八王打了个对折，变成四王："东平、南安、西宁、北静。"四王中又以写北静的笔墨为多，第十四回"贾宝玉路谒北静王"，"……现今北静王世荣年未弱冠，生得美秀异常，性情谦和。近闻宁国府冢孙妇告殂，因想当日彼此祖父有相与之情，同难同荣，因此不以王位自居。……贾珍急命前面执事驻扎，同贾赦贾政三人连忙迎上来以国礼相见。北静王轿内欠身，含笑答礼，仍以世交称呼接待，并不自大。"这一段中，说"祖父有相与之情"，说"世交"，已点出关系不同，最有意味的特著"以国礼相见"五字，暗示"国礼"以外，还有亲属之礼，不过身份悬殊，不敢以亲礼相见而已。

其次——也是最主要的部分，是年代和年龄的问题。《红楼梦》第十四回，在实际年代中相当于哪一年？其时福彭应该几岁？是否"年未弱冠"？

福彭生于康熙四十七年，这有曹寅该年七月十五日的密折"再臣接家信，知镶红旗王子已育世子"可证（雪芹姑母嫁讷尔苏在康熙四十五年）。"年未弱冠"作十九岁论，则此时当雍正四年，但十四回的事迹，发生在春天，其时福彭尚未袭爵，曹家亦未回北，无由相见，所以"贾宝玉路谒北静王"至早应在雍正六年，或七年，"年未弱冠"不宜死看作未超过二十岁，应以二十岁左右论。

那么第二个问题就来了，雍正六、七年间，是否只有一个二十岁左右的铁帽子王，如有两个以上，即不能断定"北静王"就是平郡王。

为解决这个问题，我先制一个简明的八王世系表，检查结果在雍正年间袭爵的计有：

1. 允禄——圣祖第十六子，雍正元年出嗣为博果铎之后，袭庄亲王。

2. 熙良——雍正十一年袭顺承郡王。

3. 巴尔图——雍正十二年袭康亲王（即礼亲王系，乾隆四十三年改回原封号）。

4. 福彭——雍正四年袭平郡王。

以上1、2、3年份皆不合，年龄我查过，亦皆不合。可以说雍正五、六年间，八王之中只有刚袭爵的福彭，是二十岁左右。

周汝昌说：平郡王福彭实是《红楼梦》中的"东平王"。他并未说理由，猜想起来必由"东平"的"平"字而来，如是，他

就跟着于"四十年华"的"四十"两字，犯了同样的毛病。其实
照我看，"东南西北，平安宁静"八字，无非托出一个四海升平
的"平"字而已。此外还有一处可注意：《红楼梦》第十四回说："原
来这四王，当日惟北静王功最高，及今子孙犹袭王爵。"要说八
王中功劳最高的，首先数睿亲王多尔衮，但多尔衮无子，直到乾
隆四十三年，才以已死的多尔博（多铎子）嗣为多尔衮后，所以
细考史料，此处所谓"功最高"，实指当初代善率其子岳托与萨
哈璘对太宗的拥立之功，代善一支能在八王中独占其三，酬庸之厚，
不正说明了功勋之高？

　　以上确定了"北静王"即是平郡王福彭，那么，我们就可以
用福彭的年龄来印证曹雪芹的年龄。

　　照《红楼梦》看，"贾宝玉路谒北静王"时，一个十二三岁，
一个"年未弱冠"，两者年龄的差额约六七岁。

　　在实际情况中福彭生于康熙四十七年，曹雪芹生于康熙
五十四年，相差七岁，正合。

　　如果是周汝昌的论断，说曹雪芹生于雍正二年，那么十二三
岁的曹雪芹，就不可能见到二十岁左右的福彭。同时，十四回的
事迹将移至雍正末年，而福彭在雍正十一年七月为"定边大将军"
伐噶尔丹，根本不在"京师"，曹雪芹亦并没有机会能见到他。

　　总之，曹雪芹生在康熙五十四年，在目前是我深信不疑的；
但是，我并无成见，理愈辩则愈明，我希望我的六个证据，得到

严格的考验，也就是说，希望能够发现反面的证据来作比较的批判。

写到这里，也许会有看过我在《作品》杂志上发表的《曹雪芹年龄与生父新考》（上篇"抄家前后"；下篇"贾政宝玉假父子"）的读者会问我："你说：'是曹頫的遗腹子，就必定生于康熙五十四年，一而二，二而一。'那么，现在你对曹雪芹的年龄虽有了两个新的证据，但不知对遗腹子之说，亦有新的证据否？"

我的回答是："我有了一个有趣的发现。"可惜，这个发现，对我还只是一种曙光，尚未能大白真相。话虽如此，这个发现确是很有趣，我跟读者既然不是严肃地在讨论学术上的问题，那就无妨提出来闲谈。

在我的"证据三""证据四"中，已说明了，贾母、贾政、宝玉之间的关系，可用三句话概括："祖孙真，父子假，母子似真还假。"雪芹（宝玉）是李氏（贾母）嫡亲的孙子，此之谓"祖孙真"；曹頫（贾政）是雪芹（宝玉）的堂叔，此之谓"父子假"；曹頫又是清圣祖做主，出继为曹寅李氏夫妇的嗣子，此之谓"母子似真还假"。

在这三代的关系中，不能不予以明白位置的，还有一个王夫人。照《红楼梦》中的描写来看，贾政与宝玉之间缺乏父子之情，但是王夫人与宝玉则绝不像是婶母与侄子间的感情，确确实实是慈母之与爱子的光景。

曹雪芹的生母，也就是曹頫的妻子，姓马。这见之于曹頫的奏折，绝无可疑。因此我曾作一个大胆的假设："王夫人或系雪芹之母马氏。南京建都，始于东晋，王敦、王导兄弟大用，当时有'王与马，共天下'之谣，马氏假托为王夫人，疑本此而来。"

马家与曹家如何结亲？以周汝昌搜罗材料之丰，对此点亦未能有所发现。照我的推想，马家大概是：

1. 旗人。彼时虽不禁满汉通婚，但习俗上仍有严格的界限在。

2. 可能也是"包衣"，并且也当着内务府的阔差使，这才门当户对。

3. 跟曹家一样，落籍在南京。南京姓马的很多。

4. 可能是回教。

于是，我请人去查雍正十三年所修的《八旗满洲氏族通谱》，把康熙末年雍正初年姓马的旗人的职名都抄了来。其中有一条：

> 马氏　马偏领
>
> 正白旗包衣人，世居沈阳地方，来归年份无考，原任郎中兼佐领。其子桑格，原任吏部尚书；费雅达，原任陕西潼关镇总兵；马二格，原任郎中兼佐领。孙马维品，原任副将……

这一条中，我有一个极富价值的发现，原来桑格的本姓是马（汉姓旗人，取满名以媚其主，与本省日据时代，有极少数的人取日

莺
儿

本名字是一样的道理），桑格当过江宁织造，所谓"吏部尚书"，
应是赠衔，犹之乎曹寅的父亲曹玺，也曾封赠"工部尚书"。

　　不仅此也，我还发现桑格的父亲马偏额，也曾当过织造。织
造在明朝由太监管理，顺治五年差户部司员管理，到了顺治十三年，
前明遗留下来的，以吴良辅为首的宦官集团，企图恢复原有权力，
改设内十三衙门，织造亦改为一年一更代，顺治十五年改为三年
一易任。顺治十八年正月，清世祖崩，罪己的遗诏中，有一款就说，
对宦寺"委用任使，与明无异，致营私作弊，更逾往时，是朕之
罪一也"。同年二月间，革去内十三衙门；织造亦由康熙二年起，
定为专差久任。苏州及江宁两织造，自顺治十三年起，人选如下：

　　　苏州织造
　　　马偏俄　顺治十三年任
　　　郑秉忠　顺治十三年任
　　　李自昌　顺治十四年任
　　　马偏俄　顺治十五年任
　　　法　哈　顺治十八年任
　　　衣　色　康熙元年任
　　　纳　泰　康熙二年任
　　　马偏俄　康熙二年任
　　　陈　武　康熙四年任

（中略）

曹 寅　康熙二十九年任

李 煦　康熙三十二年任

胡凤翚　雍正元年任

江宁织造

曹 玺　康熙二年任

桑 格　康熙二十三年任

曹 寅　康熙三十一年任

曹 颙　康熙五十二年任

曹 頫　康熙五十四年任

隋赫德　雍正六年任

　　对上列简表，我可作四点说明：①马偏俄即是马偏额，俄、额北音相似，官书记载旗人姓名，常有音同字异之误，如萨哈璘亦作萨哈连，即为一例。②马偏额、桑格父子，相继为织造，跟曹家一样，亦可称为织造世家。③马家与曹家同为正白旗包衣，同于康熙二年派为专差久任的织造。其时，内十三衙门的兴革，可看作满清新兴贵族与造成明朝亡国的宦官集团的一次尖锐的政治斗争。结果，胜利属于新兴贵族方面，而其役使的上三旗包衣，组成了内务府取代宦官集团的权力，曹玺脱颖而出与马偏额的再任织造，乃是一次维护皇室权力的新的部署，彼此应有相互支援

的义务，所以不同于一般寅僚的关系。乃至于康熙四十五年，犹有口传上谕："三处（江宁、苏州、杭州）织造，视同一体，须要和气。若有一人行事不端，两个人说他，改过便罢，若不悛改，就合参他。"可参证。④如织造之类的差使，承办皇室特殊的供应，有许多非户部及内务府所能过问，亦不能向户部及内务府报销的收支项目，而当织造的人，亦便可从中舞弊，因此前后任的交接，关系极大，江宁织造自康熙二十年起，曹玺、桑格、曹寅轮番接替，在微妙的交接过程中，建立了特殊亲密的感情，是非常可能的事。

如上所述，马家的情况，正符合我所推想的作为曹家的姻亲的条件。所以我的假设是：桑格是马氏（王夫人）的父亲，也就是王熙凤的祖父。

《红楼梦》第十六回，凤姐跟贾琏的乳母赵嬷嬷谈"当年太祖皇帝仿舜巡的故事"，她说："我们王府里也预备过一次，那时我爷爷专管各国进贡朝贺的事，凡有外国人来，都是我们家养活，粤闽滇浙所有的洋船货物都是我们家的。"照此一段话看，桑格也曾办过接驾的差使，但是我们要问，他是以什么资格来办差的？所谓"专管各国进贡朝贺的事"，又是什么职位？

其时接待"洋船货物"的国际宾客，大都由海关兼管，康熙年间各海关差使，都差部员轮管，我查过《福州通志》和《江南通志》，并没有姓马的人，担任过闽海关和松江海关的主管。同时，清圣祖南巡驻跸之处，大都有行宫之设，由地方官员办理供张，只有扬州由盐商报效，江宁由织造预备，这都是特例，一个管海关的部员，似乎也没有资格承办接驾的大差使。

但是，马家确曾接过一次驾，那就是康熙二十八年，桑格在江宁织造任内的事。清圣祖南巡六次，都到了江宁，除第一次以将军署为行宫外，其余五次都驻跸织造署，后四次在曹寅任内，第二次在桑格任内，曾接见西洋教士毕嘉、洪若。方豪教授曾著有《康熙时曾经进入江宁织造局的西洋人》一文，收入《方豪文录》。凤姐所说的"我们王府里也预备过一次"，正是康熙二十八年的这一次。

我所说的"有趣的发现"，就是这两点：第一，桑格本姓马；第二，凤姐所说的"预备过一次"，并非瞎吹。然则，家世相类，行辈相符，接驾之说有征，我们似乎可以假定马氏的娘家，就是马偏额家了。

此外，我亦做过旁证的工作，所谓"京营节度使王子腾"，不知道影射何人？马家最大的武官，是桑格的弟弟费雅达，《八旗满洲氏族通谱》说他是"陕西潼关镇总兵官"，但我查《清朝文献通考》，潼关是"协"非"镇"，只该驻副将，不该驻总兵。此外，《通志·谥法》内，有个费雅达，赠太子少保左都督，世袭云骑尉，谥忠勇，《清史稿》内则有打王辅臣殉职的费雅达，两者当系一人。但是其事在康熙二十年前，年份太早；同时王子腾是王夫人之兄，而费雅达应是马氏之叔，行辈亦不合。这些史料都只可算是线索，尚待进一步的考据。台湾图书馆善本书目内，有一部《马氏族谱》的孤本，现藏台中，如果能让我过目，或许有所发现也未可知。再有就是王夫人的饮食习惯，如果合于回教的禁例便亦可证明她就是马氏。凡此都需要内行下功夫去分析，才能得到正确的结论。

我对这个问题之发生兴趣，一方面固然是为了考定曹雪芹的年龄；另一方面由于《红楼梦》中所说的，贾史王薛四家，"皆连络有亲，一损俱损，一荣俱荣"，如果把这四大家族考证明白，不但《红楼梦》的整个背景豁然呈露，同时对于当时的特权阶级的成因与作用，以及在政治上所发生的影响，皇室如何榨取民脂民膏等等，亦可明了，多少可以帮助我们对爱新觉罗皇朝的兴衰，得到较多的理解。

谈得不少了，暂且打住罢！

曹雪芹生平
——从世家公子到满汉教习

曹雪芹，名霑，又字梦阮，自号芹溪居士。生于清康熙五十四年四月中旬，殁于乾隆二十八年除夕（1715—1763），享年四十八岁。他是一个遗腹子，在他出生时，他的祖父曹寅刚死了三年，父亲曹颙才死了四五个月。一下地就是热孝在身，所以取名霑、字雪芹，霑有两义，一是霑恩，曹家其时正遭遇严重的家难，幸亏康熙特加眷顾，才得化险为夷；二是霑泪，自然是哭父——"雪"者雪涕，亦取义于"麻衣如雪"，身有丧服。

曹家是旗籍汉人，隶属正白旗包衣。"包衣"是满洲话，直译为"家里的"，意译就是"家奴"。清太祖努尔哈赤创业之初，采取战斗与生活合一的组织方式，所部子民编为八旗，分由其子侄统驭；掠来的汉人亦分配各旗，编为"包衣"。八旗中清太宗皇太极独得正黄、镶黄两旗；正白旗原为多尔衮所有，多尔衮死后获罪，正白旗收归天子自将，因此，正黄、镶黄、正白三旗，称为"上三旗"。而上三旗的包衣，奴以主贵，成为皇帝的家臣，受理组织"内务府"，主管宫廷庶务与皇帝私事。上三旗包衣中，尤以正白旗包衣势力最大，因为他们是跟着多尔衮首先入关的，优先接收了许多好差使。

曹雪芹的曾祖父曹玺，在康熙二年外放"江宁织造"，做了二十年，死在任上。到了康熙三十一年，曹玺的儿子曹寅，由苏州织造调任江宁，也做了二十年。这二十年，是曹家最阔的时期。

江宁、苏州、杭州三织造，名义上是内务府所管辖的衙门，掌管宫廷所用绸缎的纺织；但实际上由于康熙的运用，成了皇帝个人的一个情报站，或者私人办事处，另有许多向皇帝直接负责的秘密任务。康熙赋予曹寅的秘密任务，除了监察江南大吏，访求民隐以外，另有一项独特而重要的工作，就是笼络江南的高级知识分子，无形中消弭他们的"故国之思"。大清皇朝，要等三藩之乱削平，才算站住脚；而要长治久安，则非全力争取民心不可。康熙以奖进并曲护循吏来替他做争取民心的下层工作；而上层民心的争取，则由他亲自领导，他一方面崇尚理学，一方面优容文人，如东巡阙里、谒孔庙、览圣迹、特开经筵，礼数的隆重、情意的殷挚，确是可以使得全国读书人闻风倾心的。当然，他的这份工作，有许多助手，曹寅就是其中之一；仅由清初名家诗文集中，与曹寅酬唱的频繁这一点来看，可知他是圆满达成了康熙所交的任务。

此外，曹寅的母亲为康熙的保母；而他本人二十岁以前，又在与他年龄相仿的康熙御前当差，这种种公与私的关系加在一起，而且保持密切接触至数十年之久，自然而然地造成了康熙与曹寅

在君臣以外的一种特殊情谊，因而曹寅所受的恩宠，异乎寻常，其中与《红楼梦》最有关系的，是此二事：第一，康熙六次南巡，皆到江宁，五次驻跸织造署，而四次在曹寅任内，也就是说，曹寅曾四度做皇帝南巡的东道主。第二，康熙做主以曹寅的长女许配平郡王讷尔苏。讷尔苏为代善长子岳托之后，是清初"世袭罔替"的八个"铁帽子王"之一，其时为镶红旗主；天潢贵胄，尊荣非凡，与包衣的身份有霄壤之别，但以皇帝的"指婚"，竟结成亲戚，实为异数。这两项曹家足以夸耀侪辈的经历，抟合变化，在曹雪芹笔下，便创造了"元妃"其人，"省亲"其事。

康熙五十一年，曹寅以疟疾去世，康熙命曹寅的儿子，十九岁左右的曹颙袭职。五十三年冬，曹颙随其舅父李煦进京，得病亡故。此为曹家极严重的家难，三年之间，父子双亡，而且还亏欠公款，必须变产清偿，直到所谓"家破人亡"的绝境。幸好康熙仁厚，特命曹颙的堂弟曹頫，出继为曹寅的儿子，并承袭织造的差使；同时又命两淮盐运使李陈常，代完曹颙的亏空。这曹頫，大致就是《红楼梦》中的贾政。

曹頫袭职以后，境况大不如前，他本人少不更事，被康熙称为"无知小孩"，不过承袭余荫，勉保职位而已。到康熙崩逝，雍正即位，全力整饬吏治，像曹頫这样的官吏，自然是在被淘汰之列。于是到了雍正五年年底，曹家因亏欠公款抄了家。第二年曹頫携眷回京，这时曹雪芹是十三岁。

　　从曹雪芹十三岁到三十出头，这二十年的生活，也就是曹家
回京的情形，已无法查考。但可以确定的是境况一年不如一年，
饱经炎凉世态，而且虽有一门阔亲戚，似乎也未能得到照应。曹
家是包衣的身份，雍正、乾隆的谕旨中，屡有"包衣下贱"的字样；
同时雍正为了贯彻"国无二主"的目标，对于整饬八旗纪律，限
制八旗交往及分化旗主与属下的关系等等措施，推行甚力；则以
获罪回京归旗的包衣人家，凄凉冷落，无人存问，也是可想而知的。

　　大概在乾隆十四五年，曹雪芹三十四五岁的时候，他曾在作
为宗室教育机构的"右翼宗学"，做过"管理员"之类的小职员。
在那里，他结交了比他小十几岁到二十岁的敦敏、敦诚兄弟。据
他们诗文集中的记载，约略可以想见曹雪芹的仪容风采，他的体
格似乎很魁梧，健谈；饮啖甚豪，不修边幅；能诗善画，但不甚精；
性格狂放，落拓不羁；但显然的，他是个熟透了人情世故的人。

　　在"右翼宗学"时代，曹雪芹就已开始了《红楼梦》的写作；
以后搬到香山正白旗健锐营，境况愈窘，但对于写作《红楼梦》
的兴趣，始终不减。至今香山门头村，还遗留着关于曹雪芹的传说。
"红学"专家之一的吴恩裕，曾根据实地的访问，写成《记关于
曹雪芹的传说》一文，收入其所著的《有关曹雪芹十种》。传说
中的曹雪芹，曾当过"内廷侍卫"，后来到"右翼宗学"当"瑟夫"
（按：似应"师傅"），乾隆十六年搬到香山，住在正白旗营房，
专心写《红楼梦》。有个犯了罪，拨归镶白旗健锐营来住的"鄂

比先生"，与曹雪芹结成莫逆之交，常在一起聊天喝酒。那时曹雪芹的生活，全靠每月四两银子、每季一担米的饷来维持，敦敏、敦诚弟兄，也偶尔有所接济。他极贪杯，用卖画的钱来买酒喝。

在正白旗住了四年，他的原配妻子就死在那里。乾隆二十年春天大雨，住房倒塌，鄂比帮他在镶黄旗营的碉楼下找到两间房；其时生活越发穷困，全家经常吃粥。可是他的创作欲却愈来愈旺盛，随身带着纸笔，去到哪里写到哪里；听见别人谈话中有好材料，随时就记下来。有时与朋友饮酒吃饭，忽然创作欲冲动，会突然离席回家，埋头写作。又常常一个人在路上徘徊构想，对于熟人招呼，视而不见，因此被人叫作"疯子"。了解他的，只有鄂比以及偶或来探望他的敦敏、敦诚。

在镶黄旗营，曹雪芹续了弦，新妇不识字，自然也不能欣赏曹雪芹的作品。新妇生了个儿子，乾隆二十六年秋天，得了喉疾"白口糊"，死在中秋。曹雪芹晚年丧子，加以境遇坎坷，因而纵酒得病，到除夕那天也死了。父子两人，一个死在除夕，一个死在中秋，占了两个"绝日"，常为人资作谈助。这是曹雪芹的故事，能在香山门头村流传了两百年的原因之一。

曹雪芹一死，新妇一筹莫展，唯有痛哭。同院住的一位老太太，常常照应他家，这时又来帮忙，她对曹雪芹的继妇说："他活着的时候待你那么好，他死了你连个纸钱都不烧给他。"于是拿起桌上整叠的纸，剪了许多纸钱给他烧了。

正月初一，鄂比给敦敏兄弟报了丧，替曹雪芹料理后事，葬在本旗义地地藏沟。送葬回来，在路上看见纸钱上有字，拾起一看，竟是《红楼梦》的底稿，赶紧沿路捡拾，包回曹家细看，才知是《红楼梦》后四十回的原稿，让那位老太太剪成纸钱了。又在曹家抽屉里发现前八十回的原稿和一百二十回的目录。鄂比曾经发愿想续成后四十回，苦于才力不够，数年未成，后来是他的继子高鹗，为他完成了宏愿。

这个传说，有几分可靠，谁也无法断言。但就可靠的材料与当时的政治背景来印证，竟找不出这个传说中，有何不合于实际情形的疑问。

关于《红楼梦》的本身，自胡适先生的考证发表以后，澄清了蔡元培先生所主张的"寓言说"的误解，但不幸又引起了新的误解，以为《红楼梦》是曹雪芹的自传，所以大部分的考证，流于琐碎穿凿，对《红楼梦》的文学上的价值及作者在创作过程中所下的苦心，反而缺乏深入的了解。这是因为那些"红学"专家，多无小说创作经验之故。这里根据我对当时政治环境，曹雪芹的心理、文艺创作法则，以及对《红楼梦》本身的研究和了解，提出我的看法如下：

一、《红楼梦》是一部伟大的文艺创作，不是一部传记文学。真人实事，在曹雪芹只是创作素材，经过他分解、剪裁、糅合，重新塑造为另一个人、另一件事；因此，我们可以说，书中某一个人有某一个人的影子，却不能说，某一个人就是某一个人。

二、曹雪芹出生，已在曹家盛极而衰以后，因此，全盛时代的曹家的种种"繁华旧梦"，他只是得诸耳闻。他以遗腹子而为承重孙，在特重血胤关系的伦理观念支配之下，从小受祖母宠爱，固然可想而知；但《红楼梦》中的贾宝玉的生活，并不就是他十三岁以前的生活——他父亲曹頫，才可能有那样豪奢的饮食起居。

三、《红楼梦》中的许多穿插，是曹雪芹回京以后的见闻或体验，如秦可卿的丧事，可能是当时京里某一王公府第发生的实况。而"家学"中的种种丑态，当是他本人在"右翼宗学"的所见，因为曹家虽阔，在南京亦只是曹寅本支寄寓，不可能有那种巨族的排场。所以，《红楼梦》绝不可当作曹氏的家传来读。

四、但《红楼梦》中确实写了曹家的若干真实人物，这须从"脂批"中去研究。据我的了解，《红楼梦》在全稿未完成前，曹氏家族在写作上曾经有所参与，而"脂批"中的"畸笏"，可能就是曹頫。所以就某一意义言，《红楼梦》亦可说是集体创作。

五、《红楼梦》的写作过程，相当紊乱复杂，是一面写作，一面传抄，一面修改。修改的原因，或者是根据他人的意见，或者是作者自觉未善。而写作或修改，又非从头到尾，循序进行，大致视客观条件为转移，譬如某一部分材料到手，或者某一部分抄稿经人批阅后先送回，甚至某一部分读者希望先看到某一部分，

都成为促使作者变更正常写作程序的原因。

六、曹雪芹对《红楼梦》是先谈后写。他周围有一部分亲友，经常在等着看他的稿子，此为曹雪芹得以长期保持旺盛的创作兴趣的一个主要因素。

七、《红楼梦》之所以成为最伟大的写实主义的小说，是因为《红楼梦》中的一切，虽非全出于曹家，但确为当时贵族生活的忠实写照，写出一种必然的没落的趋势。曹雪芹不为那种生活辩护，或悻悻然意有不满，但深刻地表现出一种"夕阳无限好，只是近黄昏"的无可奈何的惋惜、怅惘和凄凉。这是他人最不可及的地方。

曹雪芹和他的小说，被人谈得最多，被人了解得最少。在文学的领域中，研究《红楼梦》的工作，尚待重新出发。

乾隆手抄本
——中国文学史上一大公案

　　赵冈教授谈《中国文学史上一大公案——关于乾隆手抄本一百二十回〈红楼梦稿〉》，发表于一月十七日联副，谓此稿本曾经徐嗣曾收藏，不确！据赵文知联经出版公司影印此稿，其原本收藏者为杨继振，请从杨继振谈起。

　　赵文："杨继振字又云或幼云……隶内务府镶黄旗，即上三旗包衣人士。"又引褚德彝《金石学录续补》："杨继振，字幼云，汉军镶黄旗人，工部郎中，收集金石文字，无所不精，于古泉币，收藏尤富。"又谓："杨继振著有《星风堂诗集》及《五湖烟艇集》。"盖有两误：杨继振为汉军，绝非包衣，清朝内务府，最初固为上三旗包衣所组成，但内务府世家不必尽为包衣，自顺治入关后，汉人而入旗者，皆为汉军，不称包衣。从各种迹象来看，杨继振绝非包衣而为汉军，此非几句话可以解释得清楚，亦与这一重"公案"无太大关系。姑从略，此其一。杨继振藏书之所，名"星凤堂"而非"星风堂"，此其二。

　　汉军或用两名，遇汉人则冠汉姓，遇旗人则避汉姓，故杨继

振又名继振。《三十三种清代传记综合引得》有继振而无杨继振，其传见《清画家诗史》。手头无此书，未能引录。

中华书局版《中外人名辞典》作杨继振："清阳湖人，字幼云，爱藏书，数十万卷，卷帙精整，标识分明。"最后八字为杨继振所自道，则叙其为阳湖人，亦可信其确有所本，后面还要谈到，此处不赘。

叶昌炽《藏书纪事诗》卷六，杨继振条下有按语："春宇先生讳宜振，汉军镶黄旗人，道光乙巳恩科进士，工部侍郎。同治乙丑视学江苏，昌炽以童子受知幼云先生，不独藏泉最富，金石图书亦皆充牣，近渐散佚，昌炽得其奇零小种，藏印累累，每册有'杨'字圆印、'石筝馆'、'猗欤又云'印，两纸黏合处，有'雪蕉馆'骑缝印，卷首有长方巨印，其文曰：'予席先世之泽，有田可耕，有书可藏，自少及长，嗜之弥笃；积岁所得，益以青箱旧蓄，插架充栋，无虑数十万卷，暇日静念，差足自豪。顾书难聚而易散，即偶聚于所好，越一二传，其不散佚殆尽者，亦鲜矣！昔赵文敏有云：聚书藏书，良非易事。善观书者，澄神端虑，静几焚香，勿卷脑，勿折角，勿以爪侵字，勿以唾揭幅，勿以作枕，勿以夹刺。予谓吴兴数语，爱惜臻至，可云笃矣！而未能推而计之于其终，请更衍曰：勿以鬻钱，勿以借人，勿以贻不肖子孙！星凤堂主人杨继振手识，并以告后之得是书，而能爱而守之者。'又题后云：'予藏书数十万卷，率皆卷帙精整，标识分明，

未敢轻事丹黄，造劫楮素……'"又引叙："鲍康为继幼云跋《币
拓》册子：'春宇同年之弟幼云，与余有同癖，壬申解组旋都下，
闻幼云收藏益富。'"

按：宜振为道光二十五年乙巳恩科的翰林，同榜有于同光政
局绝大关系的两人，即文祥与阎敬铭。宜振于同治三年四月升补
为工部右侍郎，正为文祥隐主朝局之时，次年冬外放为江苏学政，
至十一年秋返京，回任工右，光绪五年正月调户部右侍郎，七年
四月病免。

以上所引数据，可以约略归纳出杨继振的经历行踪：

1. 杨继振当其兄放江苏学政时，是在江南。叶昌炽所谓"以
童子受知幼云先生"，当是昌炽以童生赴考，而继振佐其兄阅文，
取中昌炽。

2. 杨继振做工部郎中，当在宜振外放之时。因为兄为本部堂官，
弟须回避，即不能为本部司官。度继振北返，当在同治五、六年时，
鲍康于同治十一年（壬申）到京"闻幼云收藏益富"，可决其此
时在京。

3. 当宜振回任后，继振又须回避，即或居官，亦为闲曹，而
非必须常到衙门的司官。所以鲍康《戏柬继幼云》诗，有"翩然
尘海两闲鸥"之句。

4. 叶昌炽《藏书纪事诗》，前六卷脱稿于光绪十六年前，而
星凤堂藏书已渐散佚，自是继振已下世的明证。

　　我作上述分析，意在为研究杨继振及其所藏此《红楼梦》稿本者，提供线索：

　　1.《中外人名辞典》说杨继振为阳湖人，必无误。继振自述，"席先世之泽，有田可耕，有书可藏"以及"益以青箱旧蓄"等语，在在证明其出身书香世家；而《红楼梦》稿本上钤有"江南第一风流公子"印，更明明道出原籍。按阳湖即常州，明朝末科状元（崇祯十六年癸未）杨廷鉴常州人；子大鲲、大鹤，于顺治十六年、康熙十八年先后入词林；大鲲一孙，亦为翰林，大鹤之后，尤为出人头地。一子祖楫为康熙五十一年壬辰翰林；另一子椿，字农先，后其兄六年成进士，杨椿工古文，少为姜宸英、朱彝尊所赏识，后为李绂、方苞所推服，雍正及乾隆初在史局二十余年，著作极富，其子名述曾，字二思，乾隆举鸿博，官至侍读学士，主修《通鉴辑览》，垂成而卒。杨继振疑即此杨家之后，至于如何入旗，尚待细考。

　　2.与杨继振同时的藏书家，有刘位坦父子，位坦字宽夫，顺天府大兴人，是"天子脚下"的土著，因得河间献王君子馆砖，名其书斋为"君子馆砖馆"，又名"砖祖斋"，家居京师后孙公园。所以题一门联"君子馆砖馆，孙公园后园"。

　　位坦子铨福，字子重，亦好藏书。适之先生的"宝贝"，甲戌本《红楼梦》，即为刘铨福旧藏。刘氏父子与杨继振同时同地同好，同为缙绅中人，应无不相识之理，然则既同有《红楼梦》异本，自亦无不相互借阅校勘之理。两者曾有何渊源，不妨探索。

关于徐嗣曾，赵文中说：

> 周春在其《阅红楼梦随笔》中则说有人亲自读到这
> 套全本《红楼梦》。周春之文如下：
> "乾隆庚戌秋，杨畹耕语余云，雁隅以重价购钞
> 本两部：一为《石头记》，八十回，一为《红楼梦》，
> 一百廿回，微有异同。爱不释手，监临省试，必携带入闱，
> 闱中传为佳话。"
> 周春，浙江海宁人，字芚兮，号松霭，黍谷居士，
> 生于雍正七年，卒于嘉庆二十年，中过进士，是一位渊
> 博的学者，上述那条记载是书于甲寅（1794）中元日，
> 庚戌是 1790 年，此年以前最后一次乡试是 1788 年。杨
> 畹耕买到两部钞本的时间，应该更早一点。

谁都可以看得出来，赵文犯了一个不可原谅的错误，明明是"雁
隅"其人以"重价购钞本两部"，何以张冠李戴说"杨畹耕买到
两部钞本"？

赵文中又说：

> 据我查证，杨畹耕即是徐嗣曾，乾隆二十八年进士，

累迁福建布政使，五十年（1785）擢巡抚，五十六年病卒于山东行次。《福建通志》中有其任官纪录，但名下注"榜姓杨"。《清史》卷三百三十三有传云：

> "徐嗣曾，字宛东，实杨氏，出为徐氏后，浙江海宁人。"

此人与周春是海宁小同乡，前后中式，应该是相当熟的朋友。徐嗣曾本姓杨，畹耕可能是早期的字或号，他中进士后才改徐姓，故榜上仍姓杨，乾隆五十二年，因清兵溺毙案，下吏议，赴京，事既定，于五十三年返福建原任。想来这两部钞本是他在北京打官司那段期间买得者。乾隆五十三年各省有乡试，按清朝考试制度，应由当地巡抚出任乡试监临，于是徐嗣曾便于该年乡试携带《红楼梦》入闱，闽中传为佳话。五十五年秋，台湾生番首领为了高宗八旬万寿，自请赴京祝嘏，嗣曾奉旨率生番首领前往热河行在瞻觐，想来徐嗣曾是在赴京途经苏州时，才把有关《红楼梦》这段佳话告诉了周春，这些事都发生在程甲本问世以前。

说杨畹耕即是徐嗣曾，赵文必有所本，可以不论；但果如所云，我可断言，徐嗣曾绝未收藏过这两部一名《石头记》、一名《红楼梦》的钞本。因为赵文所考证的徐嗣曾的经历，与事实大有出入。

　　事实如何呢？第一，乾隆五十二年徐嗣曾根本不曾赴京"打官司"；所以，第二，即无所谓"于五十三年返福建原任"；然则，第三，"这两部钞本是他在北京打官司那段期间买得者"，即是毫无根据的空想；再说第四，康熙五十三年虽逢大比之年，而徐嗣曾并未入闱监临；于是，第五，"徐嗣曾便于该年乡试携带《红楼梦》入闱"之说，亦成子虚；还有，第六，如果徐嗣曾曾与周春相晤，地点应该在海宁，而非苏州；最后还有个无关宏旨的第七，徐嗣曾死在乾隆五十五年，而非五十六年，这一点连《清史稿》都错了，《清史稿·列传》："五十五年……命率诣热河行在瞻觐。十一月回任，次山东台庄，病作，遂卒。"其实，徐嗣曾是死在这年十月而非十一月。

　　先谈第一点，徐嗣曾擢巡抚的第二年有林爽文之乱，"调浙江兵经延平吉溪塘，兵有溺者，嗣曾坐不能督察，下吏议"（见《清史稿·列传》）。按："下吏议"者，交吏部议处，并未实令徐嗣曾赴京，所谓"坐不能督察"，即为"失察"，亦非重罪；即为重罪，按清朝的规制，是派大员驰赴福建查办。除非天子亲鞫，或必须两造对质，而非特简亲藩按问，不能定其是非者，才会召令督抚赴京。

　　林爽文之乱，至乾隆五十三年二月平定。其时闽浙总督李侍尧、常青皆驻厦门、泉州，为福康安办后路粮台。总督专管军务，则民政自须巡抚负其全责，亦绝不可能召徐嗣曾赴京，且逗留经

年之久。

王氏《东华录》乾隆五十二年十二月上谕："徐嗣曾本系汉员，由科甲出身，朕因其办理地方事务，尚能循分妥协，是以擢用巡抚。朕平日信任委用，原非若福康安、李侍尧可比；但以柴大纪如此款迹昭然，在浙江既有声闻，福建自更有物议，徐嗣曾岂毫无闻见者？着该抚即将柴大纪各款迹详晰查明确实，并此外有无别项劣迹，一并据实参奏，该抚已往之咎，朕已不加深究；今经特旨询问，若再有徇隐之处，则是自取罪戾，恐不能再邀曲贷！"此谕十分明白，"溺毙清兵案"已邀曲贷，而其时徐嗣曾人在福建，并非在京。

徐嗣曾既未赴京，则回任之说，不攻自破。兹更一考徐嗣曾乾隆五十三年一月至八月的踪迹，仅据王氏《东华录》可知：

1. 乾隆五十三年正月，命徐嗣曾接办台湾郡城、嘉义等处改建砖石城垣事宜。

2. 同月，命在台湾为福康安建生祠；后知即由徐嗣曾董理此事。

3. 五月，福康安、徐嗣曾会奏，审问柴大纪经过。

4. 七月，福建藩司伍拉纳补授河南巡抚，但以"徐嗣曾见在台湾承办城工诸事，其巡抚事务系伍拉纳护理"，特命俟"徐嗣曾回至内地后"，伍拉纳再赴河南新任。

5. 八月，徐嗣曾奏报，兴建福康安生祠事宜，特命"李侍尧、徐嗣曾着准其一体列入"，并亲定木牌位置，徐嗣曾居左三。

如上所述，徐嗣曾这年一直到八月都在台湾，则乡试在省城，徐必不在闱中，乡试监临虽为巡抚的专责，但如巡抚因故不能入闱，亦可由总督、学政或藩司代理。"雁隅"不知何人，看字面是个别号，查《（历代人物）别署居处名通检》并无此名；如果有心追索，就当时够资格入闱监临的闽中大员或闽籍人士的诗集中，细加搜检，当有所得。

关于徐嗣曾在乾隆五十五年入觐一节，王录所载，亦甚明白。是年三月初上谕，台湾狮仔等社生番头目一十二名均愿赴京叩祝万寿，着徐嗣曾带同，务于七月二十日以内，前赴热河。

同年十一月初一记：徐嗣曾卒，调浦霖为福建巡抚。按徐嗣曾死在山东。奏报到京，至少要两三天工夫，可知死期必在十月而非十一月，否则，不可能初一便有上谕。至于徐嗣曾自福州至热河，必是经建瓯、浦城，翻仙霞岭入浙，循信安江入富春江，经子陵钓台而到杭州，再由运河北上。这是最近也比较舒服的一条路，到清末还是如此，宝廷放福建主考，来去都是这么走法，因而才有"宗室八旗名士草，江山九姓美人麻"这种风流公案。

运河经海宁、经苏州，但我不知赵文何所据而想到徐嗣曾是在"赴京途经苏州时，才把有关《红楼梦》这段佳话告诉了周春"？

《海昌备志》载："松霭潜心著述，所居著书斋。终岁不扫除，凝尘满室，插架环列，卧起其中者三十余年，四部七略，靡不浏览。"周春号松霭，卒于嘉庆二十年，享寿八十七。如"三十余年"

以三十五年计，则自嘉庆二十年逆推，在乾隆四十六年以后，周春即自锁于他的"梦陶斋"中了，徐嗣曾顺道往访，自然是在海宁，而非苏州。

　　写到这里，我想赵冈教授一定会承认，徐嗣曾并未收藏过这两部钞本。不过，这两部钞本从"闽中"这个方向去追寻源流，可能是走对了路子，我愿提醒赵教授：有正本的祖本收藏者戚蓼生，在乾隆五十七年是福建按察使，他的八十回钞本，名为《石头记》，莫非与"雁隅"所得的八十回钞本是同一来源？

红楼倾谈

——畸笏之谜与李母之死

赵冈先生：

由"联经"转来一月廿九、二月一日大函两件（附于本篇文末），均已拜读。足下的谦冲诚挚，令人感佩。关于《红楼梦》的研究，在足下已成专业，而我的工作不容许我致力于此，因为我抽不出那么多时间。做考据会上瘾成癖，况是像《红楼梦》这样的题目，如入宝山，目迷五色，流连即成陷溺，很难自拔。仿佛记得康熙朝的理学名臣汤潜庵先生说过，平时一味袖手谈心性，亦是"玩物丧志"。如果我做《红楼梦》的考据，可以满足我的兴趣，但必然荒废我的本业，似亦等于玩物丧志？

前为足下作补充，写《我看〈中国文学史上一大公案〉》，就手头现成资料，掇拾成文，写完丢开，并不费事。但这次读完您的第二封信，却使我大感踌躇，辱承下问，不可无以报命；而垂询各点，皆属于红学高层次的研究范围，必须深思熟虑之后，方能奉覆。幸好春节有两天半的假期，丙辰除夕守岁，穷竟夜之力，重读大作《红楼梦研究新编》以及其他有关的著作如《红楼梦叙录》

之类，重新考虑我以前在这方面的心得，觉得有些概括性的看法，可为刍荛之献。

重读《红楼梦研究新编》，对贤伉俪在红学方面搜讨之勤，研审之精，实在佩服。不过，容我坦率以道，有好些看法令人不敢苟同，尤其是"畸笏叟是谁的问题"，我们有很大的歧见。畸笏绝不会是"曹荃之幼子"，更不会是李煦的长子李鼎！

畸笏之谜

我想任何一个读过脂本的人，都会觉得畸笏应该是：

第一，是曹雪芹的长辈；

第二，对曹雪芹有极大的影响力；

第三，与曹雪芹始终共富贵、同患难；

第四，此人曾赶上曹家的全盛时代，不但见过曹寅，而且自己当过家。

准此而论，"曹荃之幼子"为雪芹之叔，李鼎为雪芹的表叔，固合乎上述的第一个条件，但其他条件皆不合。尤其是李鼎，表叔比较客气，何得在十三回用"因命芹溪删去"这种妄自尊大的语气？而况李鼎之为纨绔，亦没有资格说这样的话，甚至我亦怀疑他有没有批《红楼梦》的资格？

唯一合乎上述四条件的，只有一个曹頫。您假定"曹頫生于

1694年"，我以为不妨提早一年，假定他生于1693年（康熙卅二年癸酉），至1762年（乾隆廿七年壬午）为古稀之年，自署别号始加一"叟"字。这当然是个假设，但应是合理的假设，如果能够成立，可作为畸笏是曹頫，非李鼎的旁证。

此外旁证还很多。如您所引"甲戌本第三回，写黛玉被领着去见贾赦，贾赦让人告诉她：'老爷说了，连日身子不好，见了姑娘彼此倒伤心。'其上有眉批：'余久不作此语矣，见此语未免一醒。'"这意思是说，他当年亦曾像贾赦那样，常用这些话作为懒怠接见亲戚的借口；今非昔比，端不起这样的架子了，故谓"久不作此语"。而在李鼎，则根本不可能"作此语"，因为不管他年纪大小，只要有李煦在，他始终是"大少爷"而非"老爷"。曹頫则在袭职织造成为一家之主后，当然为下人尊为"老爷"。

畸笏即曹頫，是我多少年来一贯的看法，重读大作中所排比的批语之后，益觉自信不虚。于此，我想先对大作第三章第一节的"书中人物"，稍作讨论，您说："书中的宝玉似乎不完全是曹雪芹自己的写照，而是雪芹与脂砚兄弟两人的共同写照。"

果如尊论，则书中由宝玉所反映出来的曹寅在世时的故事，如"西堂产九台灵芝"等等，便无着落。因为不论雪芹或是如您所考证的脂砚即曹天佑，都没有见过曹寅，则所有曹寅在日，西堂延宾、飞觞醉月的豪情快举，都不应有曹雪芹、曹天佑的影子。

宝玉与曹頫

看起来，宝玉大致应该是曹颙的写照。只有曹颙在宝玉那样的年龄，曹家才有荣国府的那种繁华。借省亲以写南巡，隐王妃而为元春，关目暗暗相合。同时，畸笏的批语，亦便十、九可解，试举数条如下。

一、第三回写宝玉"面若中秋之月，色若春晓之花"，有批："少年色嫩不坚牢，以及非夭即贫之语，余犹在心，今阅至此，放声一哭。"您以为此批出于脂砚之手，我以为应是畸笏所批。曹頫与曹颙年龄相仿，当时曹家长辈或星相之士对曹颙"直言谈相"时，曹頫亦曾亲闻。其后果然，曹颙以弱冠之年，病殁京师，为曹家带来了类如周初武王克殷，天下未宁而崩的严重局面，濒临着整个家族解体的大危机。是如此创巨痛深的记忆，曹頫阅书至此，安得不"放声一哭"？而这副眼泪，当然亦是抚今追昔，感激涕零——感激康熙特意安排他继嗣袭职，扭转了曹家几乎无可避免的崩溃的命运，其事类似周初周公的摄政，此为取名"贾（伪）政"的由来。（拙作《文史觅趣》，十年前由台北惊声文物供应公司印行，中收一文，专论此节，不知曾蒙察及否？）

二、甲戌本第二回，"身后有余忘缩手，眼前无路想回头"句旁，夹批："先为宁荣诸人当头一喝，即是为余一喝。"此明明是曹頫自悔，当康熙破格以李煦"八视淮盐"，为曹寅生前上百万银子的亏空补完之后，曹頫如能痛自警惕，把浮而不实的空架子收起来，量入为出，不再亏空，又何致有以后的革职抄家？按：曹頫与李煦的情形不同，雍正对李煦无好感，而对曹頫则犹有矜怜之心，在密折的批示中，谆谆教诲，勉以循分供职，凡事只要听怡亲王允祥的话，不必乱找门路。谁知曹頫少不更事，积习如故，雍正为了整饬吏治，才不能不作断然处置。是则"身后有余忘缩手"，对曹頫来说，自是当头棒喝。您说李鼎"看到《石头记》这句书文，感到是当头一喝"，窃恐不然，因为他家始终是他父亲当家，即令他想"缩手"，亦由不得他做主也。至于下句，所谓"眼前无路想回头"，意思是此刻方知当初之误，如果这时再做织造，必不致再蹈前失，可惜已无机会了。如谓纨绔追念往日挥手千金，恨不及早回头，免致今日冻馁，固然可通，但不如曹頫的情况来得更贴切。而况此一回"冷子兴演说荣国府"，道是"如今虽说不似先年那样兴盛，较之平常仕宦之家，到底气象不同，如今生齿日繁，事务日盛，主仆上下安富尊荣者尽多，运筹谋划者无一；其日用排场，又不能将就省俭。如今外面的架子虽未甚倒，内囊却也尽上来了"（据俞平伯校本），明明是写曹頫当家时候的光景。

三、此接上引之例而来，第十三回，凤姐思量宁国府五病："头一件是人口混杂，遗失东西；第二件事无专执，临期推诿；第三件需用过费，滥支冒领；第四件，任无大小，苦乐不均；第五件家人豪纵，有脸者不服钤束，无脸者不能上进。"甲戌本有批："旧

族后辈受此五病者颇多，余家更甚。三十年前事见书于三十年后，令余悲痛，血泪盈腮。"此更是非曹頫不能有此语气。因为此"五病"，一言蔽之，是齐家无方，并非主人征歌选色，挥霍无度，以致败落；与李鼎的情形完全不同。曹頫继嗣袭职，情况既如周公之摄政，便应有周公那种"一饭三吐哺"的招贤求治之心；而他只是整天由清客陪着，饮酒赋诗，干些雅人深致的玩意，以致"五病"齐发，终于破家。若说京中胡乱打点，场面难以收束，或者上有高堂，不完全能由他做主；而所言五病，纯为管理下人，而竟不闻不问，岂非要负破家的完全责任？自取之咎甚重，所以自责如是之深！

契合独深的共同看法

不过您对宁国府的看法，我颇有契合独深之快。您说："宁国府的很多事迹，是影射苏州李煦一家，只要我们不硬性假设《红楼梦》是一部自传，一部家谱，曹家与贾家的人物，永远保持一对一的关系，则我们的推想是可以说得通的。"这话就写过一千万字小说的我来说，可谓搔着痒处。诚如所言，"秦可卿这个人物"，"确是雪芹想要'极力一写'的关键性人物之一"，其人其事，必有所本。这个问题，由于我们有此契合，受到您精神上的支持，我敢于放纵想象，作这样一个大胆的假设，向您请教：

我以为如宁国府影射李煦一家，则新台之丑的男主角，应是李煦，女主角应是李鼎之妻。其事则又可能发生在康熙五十九年夏天，"李煦奏折"三七四，康熙五十九年五月初二日："窃奴才家人曹三赍折南回，于四月十八日到苏州去；四月初一日魏珠传万岁旨意，着奴才儿子李鼎送丹桂二十盆至热河，六月中要到。钦此。钦遵。奴才即督同李鼎挑选桂花，现在雇觅船只装载，即日从水路北行，李鼎遵旨押送热河。理合奏闻，伏乞圣鉴。"由苏州至热河，在夏天要走一个月，所以推断李鼎在端节过后即已动身，至十月廿二日方回苏州。

您根据"靖本"推测第十三回被删的情节："秦可卿一定是在宁府某处遗落了她佩戴的簪子。此物后来被贾珍拾到。他认识此物是秦氏的，于是亲自送还给可卿。此时秦氏正在天香楼上更衣，贾珍一头闯入，丑事因而发生。"我还可以为您补充：时当盛暑，想是可卿新浴初罢。"更衣"二字，在从前的用法很多，含义微妙；说不定这一段中还包括"窥浴"在内。足下以为如何？

如说丑事发生在李鼎不在苏州之时，则李鼎上京不止一次，何以见得必是在康熙五十九年夏天？这要跟"王熙凤协理宁国府"合起来看。据"李煦奏折"三八八，"生母病逝，遵遗命代具谢恩折"知李母文氏于十一月初五日"忽患内伤外感之症"，延至十一月十五日去世，享寿九十有三。按：李煦之妻韩氏殁于康熙五十三年，"冢妇"又在夏天"淫丧天香楼"；如今老母又逝，则主持中馈，三代皆缺，此所以不能不邀请素以精明强干著称于戚党中的"凤姐"

去经纪这件"婚丧大事"。曹雪芹善于绾合人与事，诚如您所说"书中人物的亲属关系，与实际曹家上世的亲属，大都吻合。但是书中人的事迹与真实人物的事迹又不符。雪芹往往是把某一代的事迹，排在另一代人身上"。所以第十三回写"宁国府前，只见府门洞开，两边灯笼照如白昼，乱哄哄人来人往，里面哭声摇山振岳"的豪门丧事，应该是李煦九十三岁老母之丧的实录。

试参李母死因

耐人寻味的是，李母的病因；所谓"外感"，照中医的解释，无非风寒侵袭；"内伤"与"外感"并称，必属于遭遇了至为拂逆之事，感情上受了重大刺激。而此"内伤"又是"忽患"，可知拂逆之事，突如其来，相信必由李鼎于十月廿二日回苏州后所引起。

李鼎之妻的死因，李老太太在起初是不知道的。因为照中国人至今依然的传统，凡遇到这样的悲剧，一定尽力瞒住上了年纪的尊亲，怕年迈高堂情感上承受不住。及至李鼎回苏以后，问起娇妻的生前死后，少不得会有人泄漏；因而父子之间曾有严重的冲突，可能不得不惊动九十三岁的老祖母；甚至李鼎向祖母去哭诉，亦在意中。此即为"忽患内伤外感"的由来，"外感"二字或许还只是陪衬之笔。

红学领域中的处女地

如上所作的假设，倘能证实，即是在红学的领域中发现了一片未经开发的处女地，我衷心希望您来做小心求证的工作。这里就我想到的线索，提出来供您参考：

一、苏州织造署，就明朝皇亲嘉定伯周奎的住宅改建，应该有记述其园林之胜的文献，可印证曹雪芹笔下的宁国府，如会芳园、逗蜂轩、天香楼诸名目。

二、康熙稽查臣下，采取相互监视、个别查询的办法。倘或李煦有此丑闻，必有人密奏；或康熙风闻其事，密饬某人打听。当时如两江总督长鼐、江苏巡抚吴治礼、杭州织造孙文成等人缴回的朱批折中，或有记述。

三、李母去世，时人必有吊唁诗文，或者有蛛丝马迹，可以进一步推知其死因。李煦与当时名士的交往，虽不如曹寅之密，但亦颇有数人，若能细作检查，当有所得。要想了解苏州织造衙门有何亭台楼阁，检查其时的诗文集亦是最好的方法，因为文酒之会，必有题咏之什，可资考据。

四、细查李鼎的履历。按：十三回"大明宫掌宫内相戴权……亲来上祭"，此"掌宫内相"指"领侍卫内大臣"。为了"丧礼上风光些"，贾珍要为贾蓉捐个前程，戴权吩咐小厮："回来送与户部堂官老赵，说我拜上他，起一张五品龙禁尉的票，再给个执照，就把这履历填上。明儿我来兑银子送去。"又贾蓉的衔名是"防护内廷紫禁道御前侍卫龙禁尉"。可知贾蓉所捐者乃"三等侍卫"。《清史稿·职官志四》："侍卫……三等，正五品，二百七十人，旗各九十人。"与戴权所说的"三百员龙禁尉"，数目相近。侍卫由上三旗内选派，贾蓉是够资格的。捐纳之事归户部掌管；但侍卫是否可由捐纳而得，颇成疑问。即或可捐，亦必是虚衔；而"御前侍卫"由侍卫内特简，更非同小可。十三回内所写贾蓉的衔名，想是故意混淆，不欲确指清朝的官制。但如李鼎确实曾在康熙五十九年当过三等侍卫，则是以贾蓉影射李鼎的确证。

科场与书坊

至于您第二封信中提到的问题，似乎想证明《红楼梦》有南北两个流传中心，北方为八十回的《石头记》，南方为百二十回的《红楼梦》，而后四十回可能为曹李两家在南方后人所撰写刊行。如果您真是想证实这个假设，可能会徒劳无功。

在大作中，您提出程丙本的说法及分析，确是有功红学的不刊之论。事实上程本三次刊行的过程，照您的考据，已很明白。可惜，您对科举制度，以及科举与出版界的密切关系，了解稍欠深入。否则您就会说程丙本刊于壬子年，不会说"刊于壬子年或以后"。

因为高鹗于乾隆五十三年戊申乡试中举；次年己酉正科会试落第；再次年庚戌会试又落第；辛亥、壬子两年帮程伟元搞《红楼梦》，下一年癸丑会试，当然要下场。会试在春三月，如果不是在壬子年冬天结束《红楼梦》校改的工作，即无法去准备举业。

我曾请教过台北故宫博物院文献处处长、目录学家昌彼得先生，说有无专谈清初书坊的书？他说没有。不过，我觉得《儒林外史》中的记载，颇可窥见当时书坊的情形。书中屡屡谈到"闱墨"，即将近科乡会试中式的八股文，加以精选批注，以供士子揣摩之用。是故每逢大比之年，书坊必定大做一笔生意。准此以言，乾隆五十一年丙午至嘉庆元年丙辰，这首尾十一年真可说是书坊罕见的黄金时代，因为十一年中，共有六次乡试，六次会试；三次正科，三次恩科，兹列表如下：

五十一年丙午乡试。

五十二年丁未会试。

五十三年戊申预行正科乡试。（按：五十五年庚戌、乾隆八旬万寿，例开恩科。但辰、戌、丑、未本为会试之年，所以庚戌正科会试提前一年举行，则乡试便当提前两年。）

五十四年己酉预行正科会试。

五十四年己酉恩科乡试。

五十五年庚戌恩科会试。

五十七年壬子正科乡试。

五十八年癸丑正科会试。

五十九年甲寅恩科乡试（乾隆登极六十年）。

六十年乙卯恩科会试。

六十年乙卯恩科乡试（嘉庆改元）。

六十一年（嘉庆元年）丙辰恩科会试。

除了乾隆五十六年以外，这十一年中年年有试事，五十四、六十两年，更是春秋两闱，（事实上，乙卯、丙辰本为正科年份，如加开恩科，仿八旬万寿之例，则五十八、五十九两年，亦应是一年两闱。）漪欤盛哉！

书籍的流通，亦即是南北的交流，每借公车北上或落第回籍时，完成其功用。到京会试，则琉璃厂访书及隆福市逢九、逢十庙市逛旧书摊，固为必有的节目；但南方如有新出刊本，或送人，或托带，或贩卖，亦常借公车而大量流传于北方。是故说《红楼梦》南北各有一个流传中心，固为事实，但谓北方流传八十回本，南方流传百二十回本，是不太切实际的想法。

程本印行过程

根据您的考证，以及上列的贡举年表，我推断程本校订印行的经过是如此：

一、乾隆五十六年春天，程伟元以八十回抄本及后四十回续稿，托高鹗校订,高会试落第,穷愁潦倒(程伟元所谓"子闲且惫矣!"),欣然应诺,一面校,一面印,至冬至竣工,赶在年关前发行,是为程甲本。

二、程甲本的销路奇佳,印数亦不少,这可从元春绣像及程伟元序文雕版破损这一点上去推断。至于销路之好是因为《石头记》这部书的名气,已流传了二十几年,多少人向往而不得寓目;一旦公开发行,且为一百二十回,自然争着先睹为快。再者,壬子年恩科会试的举人,至少有一半是在年内北上,人数总在一千以上,购以自阅之外,少不得还要买一两部准备送人,平均以每人一部计,在一个壬子午的新年中,光是这部分可以销一千部。

三、程伟元当然早就顾到南方的市场,但如在京印书南运,则有诸多窒碍,京中供不应求,并无大量余书,是其一;天寒地冻,水路不便,且亦非漕船"回空"之时,是其二;舟车驳运,费钱费事,是其三。既然如此,何不将原版送到苏州刷印?此即是你所考出的胡天猎藏本的程乙本。

四、程乙本的销路很坏。考究其原因:①《石头记》一名,在南方的知名度本不如北方,再改了《红楼梦》,更少人知;②不论程甲本,及略为校改过的程乙本,错字都很多,加以北方的口语,南方不熟习,阅读更加吃力,口碑自然不佳;③因为赴京会试的缘故,少了许多新科举人,便少了许多顾客;④知道《石头记》或《红楼梦》并有意购置者,寄望于京版会比苏版来得好,托人在京代购。

这些原因都是可以改善的，或者由时间来消失的。时间对苏州萃文书屋更有利的是，壬子年有恩科乡试，在江宁、杭州、南昌、福州等地，秋天还能做一笔好买卖。既然京本大获其利，何妨不惜工本，大干一番？而在高鹗，除了优厚的物质报酬（我疑心不用"文粹堂"而用"萃文书屋藏版"的名义，是意味着此书的权益，为双方所共有：利润由程、高拆账，与文粹堂出版其他书籍有别）之外，也还有爱惜羽毛之意，因而就程乙本大加改动：包括程序"红楼梦是此书原名"，改正为"石头记是此书原名"在内。

高鹗的此一工作，必在壬子年秋冬间完成；其理由已如前述，他要结束这一项杂务，才能专心一志准备举业，再有个确证，见于周春《阅红楼梦随笔》自序："壬子冬，知吴门坊间已开雕矣。兹苕估以新刻本来，方阅其全。"即指程丙本而言。周春此序作于乾隆五十九年甲寅；所谓"苕估（湖州书商）以新刻本来"，自不必死看作程丙本于甲寅年始问世；但以时间计算，壬子还未有程丙本，则可断言。

至于高鹗未写"三版序言"，推想是出于程伟元的生意眼，因为二版滞销，存书甚多；如果明明白白说明是三版，并指出添改了两万余字之多，则二版必无人问津，全成废纸；所以不能不打个马虎眼，希望将二版夹带出去。同时，二版"引言"中，程高已大吹特吹，前八十回的错字既已"聚集各原本详加校阅，改

订无讹"，内容亦"广集校勘，准情酌理，补遗订讹"；后四十回又以秘本自炫，"惟按其前后关照者，略为修葺，使其有应接而无矛盾，至其原文，未敢臆改"，谁知忽然增添了如许文字，改正了如许错误，岂非自明其前言为虚？

程本的来源

程伟元所获抄本的来源，我以为前人笔记中，有一条很重要，即是大作第四章第三节开头，您认为"值得特别注意"的《樗散轩丛谈》："乾隆五十四年春，苏大司寇家因是书被鼠伤，付琉璃厂书坊抽换装订，坊中人借以抄出，刊版刷印渔利，今天下皆知有《红楼梦》矣！《红楼梦》一百二十回，第原书仅止八十回，余所目击。后四十回乃刊刻时好事者续补，远逊本来，一无足观。"您不能确定作者写此条笔记的时间，其实是很清楚的：称"苏大司寇"则必在乾隆五十七年壬子正月至五十九年甲寅十一月，苏凌阿刑部尚书任内；过此则苏凌阿调江督，当称"苏制军"；如在嘉庆二年九月以后，则以苏凌阿入阁，当称"苏相国"。而在"天下皆知有《红楼梦》矣"之前，著一"今"字，亦可知必在程丙本出版以后不久所写。

其次，亦可确定其所见的"八十回本"即苏凌阿的藏本，因为如在他处"目击"自当注明出处。倘未见过苏凌阿的藏本，则"原书仅止八十回",后四十回"乃刊刻时好事者续补",即成武断;也许苏藏即是百二十回本,那又怎么说?

如上所述,由于时间上的密切衔接,有理由相信程伟元所得的八十回本,本自苏凌阿家;或许苏凌阿重装鼠伤之书,即是交给文粹堂承办,亦是很可能的事。

如果这个假设能够成立,便可进一步再做一个假设,即程序所言确为实情,既得八十回抄本后,于乾隆五十四年春天至五十六年春天,"竭力搜罗",逐步收全,经高鹗校订后,始付剞劂。看来是程伟元有意想刻一部"全书"出来,而绝无作伪的证据。我完全同意您的看法,后四十回,决非程、高所续。

后四十回非程、高亦非曹、李后人所续

后四十回来源不明,续作者是谁?恐怕将成一个永远解不开的谜。不过,我不以为会有曹、李两家后人在南方所续的可能。因为在京的旗人,在外省罢官后,必须归旗,以便控制,此项禁例在雍正、乾隆年间更严。于此,我要附带指出,所有研究曹雪芹身世的专家,对八旗制度的了解,似都欠深入,因此忽略了好多传说的可靠性,如张永海世居香山门头村正黄旗,属健锐营右翼,"自称是雪芹晚年的邻居"。这话便相当可靠,照道理说,曹雪芹既属正白旗,不应住在正黄旗营房;殊不知雍正年间,为了打

破下五旗旗主与属下的密切关系，曾采用各种分化隔离的手段。最主要的是，八旗都统原为旗主属下的行政官，而特简皇子或亲、郡王充任，则原来的旗主，如为世袭的铁帽子王，即不得以皇子为属下；如为贝勒、贝子，则不得以亲、郡王为属下，无形之中，将旗主支配全旗之权直接移于都统，间接归于君上。这在雍正虽出于私心，而事实上为"军队国家化"的一项重要步骤。

此种分化隔离的手段之一是，调旗管理营房。是故只要各旗都统处有户籍底案，杂居并非厉禁。而健锐营设置于乾隆十四年，与"雪芹晚年"之话亦合。如果当时访问者，能依旗下制度去追溯曹雪芹的一切，譬如平郡王福彭，亦即曹雪芹的表兄，乾隆初年当过正黄、正白旗都统，对曹家可能有怎样的照应，以及乾隆十三年福彭的去世，对于曹家是否又一次严重的打击？都很值得去探索。

从回目看脂本

《红楼梦稿》影印本，至今尚未能细读，因而这一次无法多谈。不过关于脂本的先后，根据回目的分析，我认为甲戌本确早于其他各本，其先后次序是：甲戌本，己卯庚辰本，己酉本残本（原藏五十三回，补抄二十七回，今剩一至四十回。以舒元炜己酉年序，称己酉本），甲辰本，有正本，红楼梦稿。

芳官

　　兹先谈第三回，各本所作回目是：

甲戌本	金陵城起复贾雨村　荣国府收养林黛玉
己卯庚辰本	贾雨村夤缘复旧职　林黛玉抛父进京都
己酉本	托内兄如海酬闺师　接外孙贾母怜孤女
甲辰本	托内兄如海酬训教　接外孙贾母惜孤女
有正本	同上
红楼梦稿	托内兄如海荐西宾　接外孙贾母惜孤女

　　甲戌本的回目制得极其空泛，而且"收养"二字亦颇不妥，林黛玉竟似弃儿。己卯庚辰本重制，有"贾雨村夤缘""林黛玉抛父"，意义是丰富得多了，但"贾雨村夤缘复旧职"，毕竟只是枝节，无非林如海正好托他送女进京的一个因由，书中亦只一笔带过，根本不值得强调；所以己酉本改为"托内兄如海酬闺师"，事实上虽仍是"贾雨村夤缘复旧职"，但改以林如海为主格，同时道出他与贾政的娘舅关系，以及贾雨村为林黛玉的老师，无疑地最后胜于前。以"闺师"对"孤女"，可信其为原作；但闺师一词出于杜撰，不免费解，故甲辰本改为"训教"，有正本因仍未改。而"训教"二字意思仍觉不够醒豁，且字面上与"孤女"亦对不上，最后终于改为红楼梦稿，亦即程甲本上的"荐西宾"。

　　再说六十一回，除甲戌、己酉两本无此回以外，其他各本如此：

己卯庚辰本　　　投鼠忌器宝玉情赃　判冤决狱平儿情权

甲辰本　　　　　同上

有正本　　　　　投鼠忌器宝玉情赃　判冤决狱平儿徇私

红楼梦稿　　　　投鼠忌器宝玉瞒赃　判冤决狱平儿行权

　　显然的，回目中上下两个"情"字，是抄错了的；甲辰本将错就错；有正本改了一半，但改得不好；到红楼梦稿才完全改对。

　　己酉本与甲辰本的关系至为密切，但补抄部分所据者为甲戌本，如第七、第八回，甲戌、己酉两本的回目完全相同，而与他本皆异。己酉早于甲辰，证据不一而足；如三十九回回目，己酉本作"村嬲嬲是信口开河，情哥哥偏寻根问底"，甲辰本已改为"村姥姥是信口开河，情哥哥偏寻根究底"；姥、嬲相通，但须查字典才会知道；小说求通俗，当然要改回姥字。

　　又一证在第九回回目：己卯庚辰本作，"惩风流情友入家塾，起嫌疑顽童闹学堂"，甲辰本同程甲本："训劣子李贵承申饬，嗔顽童茗烟闹书房。"而己酉本作："惩风流情友入学堂，起嫌疑顽童闹家塾。"足见己酉本直接庚辰本，过录时误将"学堂""家塾"倒置，至甲辰本始改如程甲本。两相对照，后胜于前，亦殊显然。

甲戌本的评价

至于甲戌本早于庚辰本，除了脂批特多，以及那关系重大的十三回之外，"抄阅再评"四字，铁案如山。不过甲戌本决非畸笏在丁亥年整理出来的新定本，而是另外有一位有相当文学修养的人，在丁亥年以后，以甲戌本为底本，搜罗了各本的脂批，试图重新编辑成一个理想的本子。您所说的"唯一的例外是甲戌本第一回的一条行间夹批'若从头逐个写去，成何文字。《石头记》得力处在此，丁亥春'"，这可能是全稿初步编辑完成，并誊清后，又发现有一条批，暂记丁此，以待第二次处理。

由甲戌本现有的形式，可以推知此君的编辑方针是，每回加"回首总批""回末总评"，前者提纲，后者总结；涉于琐碎而又必要者，则用双行夹批，取消眉批，以期阅读省力。"彩明"一节，明明可以看出此君的苦心，至于提出来的眉批，可能是暂时堆置的材料，与第一回那条行间夹批一样，都还待考虑处理的方法，是摆在回首、回尾，还是正文之下？

如上所述，仍然承认您认为甲戌本是个"新定本"的看法；不过此新定本所根据的底本，则为早于其他脂本的甲戌本。我这样说，不知您认为公平否？丁巳新正初四写毕。

赵冈教授第一封信

联经编辑将大文影印寄来,所指正各点,考证其详,所称极是,均依尊意一一删改。该文系弟病床上草草写成,不像样子。

弟原来曾有两个不同的假设,第一,雁隅是一个人;第二,雁隅是指北方某地。因为杨晼耕有姓,而雁隅前不冠以姓,似乎不一致。弟曾按两种假设分头进行,不过有一点,我的意思是认为此人买到过百二十回全套《红楼梦》,但绝不是杨继振这套,杨继振这一套似乎是"杂凑",并非原是一套。不过无论如何徐嗣曾已经被剔除了。

赵冈教授第二封信

拜读大作后,我忽然得到一个重要启示,想要重新检讨过去的一些想法,并要请教先生,看看有无材料支持我的新想法,故冒昧再写一信。

过去我有一个大偏见,认为《红楼梦》一书是发源于北京,所有的抄本都从北京曹家传出来,后四十回续书人不管是谁,也应是在北京附近。第一次的刊本是在北京发行,从这里推衍下去,我不假思索地假设杨继振是住在北京，是旗人，百二十回抄本也是从北京买到，根本忽略了他是江南人士。我而且进一步假设，任何人得到抄本都一定是在北京书坊买来的。

现在回想起来，这是很大一个偏见，《红楼梦》的流传可能就有两个中心，南京或苏州可能就是南方的中心，与北京的流传过程完全是独立的，事实上，有许多线索，过去因为先入之见，而被忽略了，譬如：

（一）周汝昌证明曹雪芹曾回南去过一次。

（二）靖本似乎是始终在江南流传的抄本。

（三）周春提到之人买到抄本两部，也不一定是在北京。

（四）在程甲本出版一年多以后，就有九部《红楼梦》运到日本，是由浙江去的，版型是袖珍本，一部只两册（一套两部）。为了试着向这个方向探索一下，我正在设法追查曹李两家乾隆年间（三十年以后）有何人在江南，如李鼎、李鼐之下落。

另外想请教先生：有无资料证明①杨继振是否是在南方得到了百二十回本？②东观阁南方有无分号？

最后，以先生之意见，认为南方有曹李两家之后人，续写此小说后四十回，独立以《红楼梦》之名向外流传，

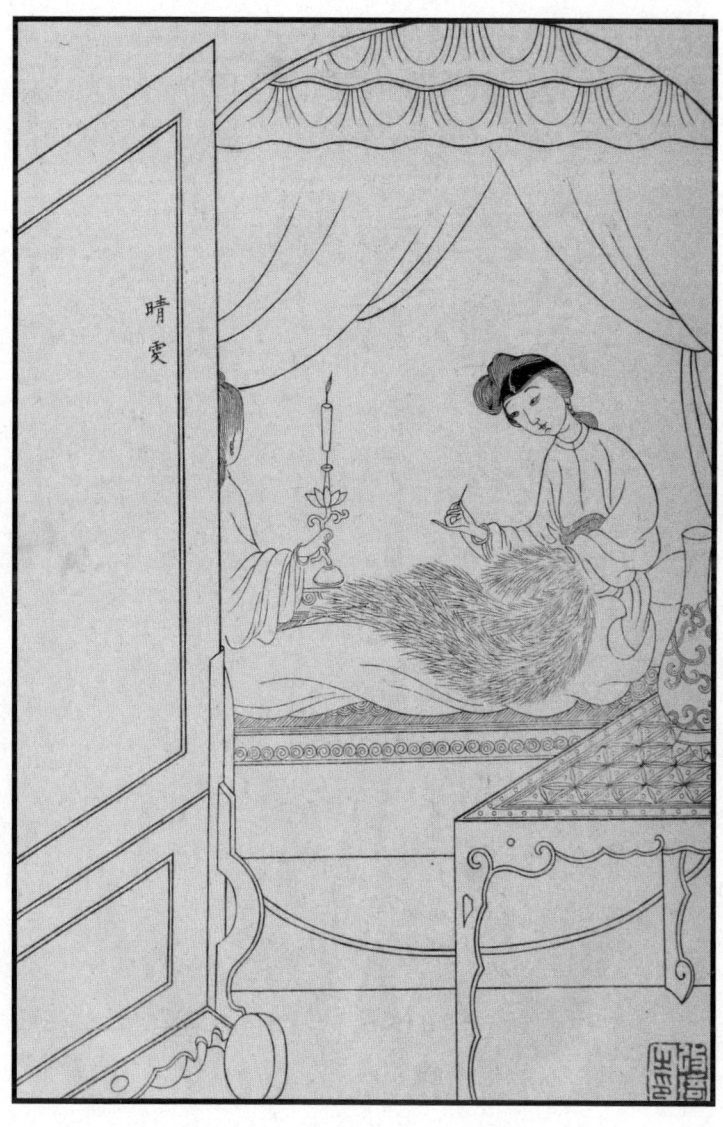

可能性究竟如何？换言之，《石头记》八十回本是北方本，《红楼梦》百二十回本是南方本的假设，是否值得推敲？

　　此祝

文祺

　　　　　　　　　　　　　　　　　　弟赵冈

　　　　　　　　　　　　　　　　　　二月一日

我写《红楼梦断》

——曹雪芹是不是贾宝玉？

　　《红楼梦断》写曹雪芹的故事。我相信读者看到我这句话，首先会提出一个疑问：曹雪芹是不是贾宝玉？

　　要解答这个疑问，我得先谈一个人：《红楼梦新证》的作者周汝昌。

　　此人是胡适之先生的学生。胡先生曾当面跟我说过，周汝昌是他"最后收的一个徒弟"。照江湖上的说法，这就是"关山门"的得意弟子了。

　　周汝昌的《红楼梦新证》，下的功夫可观！不幸的是他看死了"《红楼梦》为曹雪芹自传说"，认为《红楼梦》中无一人无来历，无一事无根据，以曹家的遭遇与《红楼梦》的描写，两相对照，自以为严丝合缝，完全吻合。我从来没有看过这样穿凿附会的文章。

　　当然，他所举的曹家的"真人实事"，有些是子虚乌有的。譬如说，曹家曾一度"中兴"，是因为出了一位皇妃（非王妃），即为"想当然耳"。且看赵冈的议论：

　　中兴说由周汝昌首创。他的理由如下：消极方面，他主张曹雪芹逝世时享年四十，算来应生于雍正二年（1724）。依此算法，曹頫抄家时雪芹只有四岁，当然记不住曹家在南京的繁华生活。这样，就只好假定曹家回京后又一度中兴。曹雪芹在《红楼梦》中所描写的是中兴后的生活。曹家中兴后若干年，又第二度被抄家，从此一败涂地。周汝昌的积极理由是：他相信《红楼梦》是百分之百的写实。曹家在南京时期既然没有一个女儿被选为皇妃，那么这位曹贵妃一定是抄家以后才入选的。女儿当了贵妃，国丈曹頫岂有不中兴之理。周汝昌比较书中所记年日，季节之处与乾隆初年的实事，发现两者吻合的程度是惊人的。所以书中所述一定是乾隆初年之事，而此时曹家一定已东山再起。细审各种有关条件，周汝昌的中兴说实在不能成立。

我完全同意赵冈的看法。不过，赵冈是"细审"了"各种有关条件"，而我是从一项清史学家所公认的事实上去作根本的否定。如周汝昌所云，曹家有此一位皇妃，自然是乾隆的妃子，推恩妃家，故而曹氏得以中兴。这在乾隆朝是决不会有的事。清惩明失，对勤政、皇子教育、防范外戚、裁抑太监四事，格外看重；后两事则在乾隆朝执行得更为彻底。傅恒以孝贤纯皇后的胞弟，见了"姊

夫”，每每汗流浃背；皇贵妃高佳氏有宠，而不能免其一兄一侄，高恒、高朴父子因贪污而先后被诛；甚至太后母家有人常进出苍震门，亦为帝所不满，严谕禁止。至于傅恒父子、高斌父子之得居高位，自有其家世的渊源与本身的条件，非由裙带而致。是故乾隆朝即令有一“曹贵妃”，亦不足以证明曹家之必蒙推恩而“中兴”。

其实，在乾隆初年如果曹家可借裙带的汲引而“中兴”，也并不需要“皇妃”，有“王妃”已尽够了。雪芹的姑母为平郡王讷尔苏的嫡福晋，生子福彭于雍正五年袭爵，亦即《红楼梦》中北静王的影子。福彭大乾隆三岁，自幼交好，曾为乾隆的《乐善堂全集》作序。雍正十三年九月，乾隆即位，未几即以福彭协办总理事务，得参大政；明年三月又兼管正白旗满洲都统事务，正就是曹家所隶的旗分。如此显煊的亲戚，若能照应曹家，又何必非出“皇妃”始获助力。而考察实际，则福彭对舅家即或有所照拂，亦属微乎其微；相反的，曹雪芹到处碰壁的窘况，稽诸文献，倒是信而有征的；最明显的，莫如敦诚赠曹雪芹的诗：“劝君莫弹食客铗，劝君莫叩富儿门。残杯冷炙有德色，不如著书黄叶村！”

小说的构成，有其特定的条件，《红楼梦》绝不例外。《红楼梦》中可容纳一部分曹家的真人实事，而更多的部分是汲取了有关的素材，经过分解选择，重新组合而成。此即是艺术手法，而为从未有过小说或剧本创作经验的《红楼梦》研究者所难理解。姜贵的看法亦是如此。

如果肯接受此一观点去研究《红楼梦》，就会觉得周汝昌挖空心思要想证明贾宝玉即是曹家的某一个真实人物，是如何的可笑！不存成见，临空鉴衡，则贾宝玉应该是曹颙的影子，但亦有曹雪芹自己的成分在内，而其从内到外所显示者，则为八旗世族纨绔子弟的两个典型之一，另一个是薛蟠。其区分在家谱上曾染书香与否。

对一个文艺工作者来说，曹雪芹如何创造了贾宝玉这个典型，比曹雪芹是不是贾宝玉这个问题，更来得有兴趣。"字字看来皆是血，十年辛苦不寻常"，此中艰难曲折的过程，莫非不值得写篇小说？这是我想写《红楼梦断》的动机。

《红楼梦断》自然脱不开《红楼梦》。就红楼谈红楼，曹雪芹所要写的《红楼梦》的后半部，绝不是现在这个样子。我曾写过一篇研究《红楼梦》的稿子，以为第五回"金陵十二钗正册、副册、又副册"的图与诗，即是全书结局的预告。而《红楼梦叙录》诸家笔记述所见"原本"的情节，以及"脂批"中有意无意对后文的透露，就小说的要求来说，其构想远比现行本来得高明。曹雪芹如何安排及描写这些情节，已是天壤之间不可解的一个谜。但如果能依照曹雪芹的提示，并假定那些极人世坎坷的情节，即为曹雪芹亲身的遭遇而加以深入地描画，应该可以成为一部很动人的小说。尤其是"史湘云"，笔记中有如下的记载：

　　或曰：三十一回篇目曰："因麒麟伏白首"是宝玉偕老的史湘云也。殆宝钗不永年，湘云其再醮者乎？（佚名氏《谈红楼梦随笔》）

　　世所传《红楼梦》，小说家第一品也。余昔闻涤甫师言，本尚有四十回，至宝玉作看街兵，史湘云再醮与宝玉，方完卷。（赵之谦《章安杂记》）

　　《红楼梦》八十回以后，皆经后人窜易，世多知之。某笔记言，有人曾见旧时真本，后数十回文字皆与今本绝异。荣、宁籍没以后，备极萧条。宝钗亦早卒，宝玉无以为家，至沦为击柝之役。史湘云则为乞丐，后乃与宝玉成婚。（臞蝯《红楼佚话》）

　　先慈尝语之云：幼时见是书原本，林薛夭亡，荣宁衰替，宝玉糟糠之配，实维湘云云。（董康《书舶庸谭》）

　　此外，清人笔记中提到史湘云嫁贾宝玉者尚多。而考诸史实，"史湘云"为李煦之孙女或侄孙女，确凿无疑。她的口音跟曹家不一样，从小生长在扬州，读"二"略如张口音的"啊"；因为是大舌头，结果出声如"爱"，叫宝玉"二哥哥"便成了"爱哥哥"。按北方只叫"二哥"，"哥哥"连称，亦为扬属的称谓。

　　既然如此，则"史湘云"的身世，在其诸姨姑表姊妹中，实为最惨。因李煦籍没以后，又因案充军，殁于关外。"史湘云"

如遇人不淑而流落在京，则母家无人，与雪芹重逢于沦落之后，议及婚娶是非常自然的事。果真如此，则"史湘云"必为雪芹写《红楼梦》的助手，其惟"脂砚"乎？而"史湘云"之先亡，以及幼子之夭折，对雪芹皆为精神上极沉重之打击。我的《红楼梦断》，主要的情节就是想这样安排。我决不敢说真是如此，但可说：极可能如此。

假如这样写失败了，决非曹雪芹的故事——至死不休，至死不倦地从事艺术创作，并不断地追求更完美的境界的奋斗过程，不能写成一部好小说，只是我的笔力不够而已。

对于曹雪芹的身世、时代背景，以及他及他家族可能的遭遇之了解，自信不致谬妄。但《红楼梦断》决非《红楼梦》的仿作，我必得提醒亲爱的读者，如果以读《红楼梦》的心情与眼光来看《红楼梦断》，将会不可避免地感到失望。

附

录

中国文学史上一大公案

——关于乾隆手抄本一百二十回红楼梦稿

赵冈

联经出版公司影印《乾隆手抄本一百二十回红楼梦稿》问世，我得以先睹。

这部百二十回《红楼梦》手抄本是 1959 年发现的。书是用墨笔抄于竹纸上，竹纸很薄，而且年深日久，已变成米黄色。全书分装十二册，每册十回。影印本在纸张大小、分册、装订形式上都尽量维持了原状。此部稿本的收藏人，可考的有一位，即杨继振，在他之前是谁收藏，已无法追查，在他之后又流入何人手中，也无法得悉，杨继振得此抄本时已然残缺不全。他在题记中说：

内阙四十一至五十卷，据摆字本抄足。

这只是指整整一分册遗失，由他抄来补足者。此外尚有零星补抄的地方，共有下列各处：

第十回第四页起至第十一回第二页止

第廿回第五页起至第二十一回第二页止

第廿四回回末半页

第四十回第五页以下

第五十一回第一至四页

第六十回第五页起至第六十一回第五页止

第七十一回第一页

第八十回末一页

第一百回第四及第五页

可以看出，零星补抄者大多数是各分册的起头与末尾部分。杨继振据以补抄的摆字本是程甲本，除了正文以外，原抄本的总目也不全。第四页上有杨的图记，是从第八十四回的回目开始，其第一至八十三回的回目已缺失，1959 年以后才由他人抄来补足。

杨继振，字又云或幼云，号莲公，别号燕南学人，晚号二泉山人，隶内务府镶黄旗，即上三旗包衣人士。褚德彝《金石学录续补》说：

　　杨继振，字幼云，汉军镶黄旗人，工部郎中，收集

金石文字，无所不精，于古泉币，收藏尤富。

　　杨继振著有《星风堂诗集》及《五湖烟艇集》。但是最著名的还是他对书画古玩的收藏。此抄本上有他的题记多条，署名又云，幼云，及"继振"两字的特有签名式。另外还有"杨继振印""江南第一风流公子""猗欤又云""又云考藏"等印章。杨继振的两个朋友也在此抄本上写过题记。一位是于源，字秋泠（泉），又字惺伯、辛伯，秀水人，著有《一粟庐合集》。其中《一粟庐诗稿》卷四中有与杨继振的唱和诗。另外一位是秦光第，字次游，别号微云道人，于源的诗稿中也有《赠秦次游（光第）兼题其近稿》诗一首，足证三人是朋友。

　　此稿本有几点特别值得注意的特征，这要分成三部分来说。换言之，除了杨继振补抄部分不算，这部分本是由三部分结合而成，即：

　　　　前八十回未改前的正文

　　　　后四十回未改前的正文

　　　　全部的改文，包括附条在内

　　前八十回正文的来源，是一部带有少量脂批的脂评本《石头

记》，所残存的批语前都冠以"批"字。此本文字与现有各脂评本颇有出入，譬如其第四回又第五回的回首回尾题诗，第四回护官符下各家的注文，以及第十七回和第十八回的分回方式与回目。

更值得注意的是后四十回的正文，这一部分正文与前八十回正文，不是同时抄得者。可由其回目抄写格式证明前八十回（杨继振所补抄部分不算）的回目抄写格式是

第某回：回目

而后四十回的回目抄写格式是

红楼梦第某回：回目

后四十回正文的文字有许多特点，与前八十回正文及程高排印本的后四十回文字，在风格上都迥然不同。这部分文句很简短，大都平铺直叙，缺乏细腻的描写，更有趣的是，后四十回的原著者不善于用口语写书，而且对于京腔中的特殊语调与用字极不熟悉，许多研究者都已注意到，文中所有该用"都"字者，全是写作"多"。"多"与"都"读音不分，正是南方人的特征。文中也使用了许多南方俗语，如"物事""闹热""人客""事体"等。

最后再说改文部分。很显然，这部稿本最初由两部来源不同

的正文合并一起以后，又加上了第二道工序，那就是对正文的修改。各回中改文有繁有简，不过到了后四十回改文极夥，有几页中改文的字数甚至超过正文的字数。因此，改文产生了两种不同的情形，此人在原则上是想把改文尽量写在正文旁边行间，很多页中的改文太多，与正文错综间杂，密集一处，有的时候改文实在太多，在行间无论如何是写不下，于是这些改文便被写在一个纸条上，附贴于该页书上。全书计有十八个附条，其中十六个是在后四十回，只有两个在前八十回中。在第三十七回第一页的附条，据该处朱笔批注，已然"逸去"。故只有十七个附条保留下来。附条上首开端都有一个小圈，附条应该接的正文处也有一小圈，表示两者应于何处衔接，如果按这个线索去查，全书中似乎还有若干附条，已然遗失。

这些改文的文字大部分都与程高最后一版排印本（即我所谓的程丙本）文字相同。但是也有许多不同之处，香港中文大学《红楼梦》研究小组曾以书中的诗词为比较样本，统计结果是二百零五条改得与程丙本一致，一百九十多条则与程丙本相异。诗词以外的改文，大体说来是把原来简短的，平铺直叙的文句，加以复杂化、美化，使之变成细腻的描写。而且原来正文中非口语用字都改成口语，非北京话都改成道地北京话。

这部抄本百二十回《红楼梦》引起研究者重视的原因之一，是它牵涉到高鹗是不是后四十回续书人的问题。根据近年来新发

现的资料，在程甲本出版（1791）以前，已经出现了有关《红楼梦》百二十回本的传言，1789年舒元炜在其八十回抄本的序言中有"数尚缺夫秦关"之句，"秦关百二"所指确数是什么虽难断定，但序文中另有"业已有二于三分"的话，可见是指百二十回之数。舒元炜只是听到说百二十回全本《红楼梦》之事，但是自己未能得到。周春在其《阅红楼梦随笔》中则说有人亲自读到这套全本《红楼梦》，周春之文如下：

　　乾隆庚戌秋，杨畹耕语余云，雁隅以重价购钞本两部：一为《石头记》，八十回，一为《红楼梦》，一百廿回，微有异同。爱不释手，监临省试，必携带入闱，闽中传为佳话。

　　周春，浙江海宁人，字芑兮，号松霭，黍谷居士，生于雍正七年，卒于嘉庆二十年，中过进士，是一位渊博的学者。上述那条记载是书于甲寅（1794）中元日，庚戌是1790年。此年以前最后一次乡试是一七八八年，杨畹耕买到两部钞本的时间，应该更早一点。

　　据我查证，杨畹耕即是徐嗣曾，乾隆二十八年进士，累迁福建布政使，五十年（一七八五年）擢巡抚。五十六年病卒于山东行次。《福建通志》中有其任官纪录，但名下注："榜姓杨。"《清史稿》

卷三百三十三有传云：

> 徐嗣曾，字宛东，实杨氏，出为徐氏后，浙江海宁人。

此人与周春是海宁小同乡，前后中式，应该是相当熟的朋友。徐嗣曾本姓杨，豌耕可能是早期的字或号，他中进士后才改徐姓，故榜上仍姓杨。乾隆五十二年，因清兵溺毙案，下吏议，赴京事既定，于五十三年返福建原任。想来这两部钞本是他在北京打官司那段期间买得者。乾隆五十三年各省有乡试。按清朝考试制度，应由当地巡抚出任乡试监临。于是徐嗣曾便于该午乡试携带《红楼梦》入闱，闽中传为佳话。五十五年秋，台湾生番首领为了高宗八旬万寿，自请赴京祝嘏，嗣曾奉旨率生番首领前往热河行在瞻觐。想来徐嗣曾是在赴京途经苏州时，才把有关《红楼梦》这段佳话告诉了周春。这些事都发生在程甲本问世以前。

以上这些资料已经使高鹗续书之说发生了动摇，这部百二十回《红楼梦》手抄本被发现后，更增强了这种倾向。

此抄本第七十八回有朱笔写的"兰墅阅过"四个字，杨继振将此抄本题为"兰墅太史手定红楼梦稿"。杨继振做此判定，不知是否仅根据"兰墅阅过"这四个字，还是另有根据？不过，很多迹象与资料似乎都不利于杨继振的此项判断。

第一，后四十回正文的文笔语气与改文不像是出于一人之手。

其次，"兰墅阅过"这四个字也未必就是有利的证据。经过核对笔迹，研究者似乎都同意这四个字确是高鹗亲笔所写。这表示高鹗与此抄本确有关系。但究竟是什么关系呢？除了"兰墅阅过"这四个字外，全书没有任何高鹗的题记与印章，如果真是高鹗的手定稿本，他为什么不写"重订""手订"，或"手定"等字样，而说是"阅过"。而且，这四个字既不是写在卷首，也不是写在书尾，而是选定第七十八回，原因何在？难怪有好几位《红楼梦》研究者都觉得这是高鹗看过别人的抄本而题的字。一幅字或画上如有"某人阅过"的跋文和图章，通常都是表示这幅字或画是经过此人鉴定或观赏过。所以有人说，这四个字排除了，不是证明了，这是高氏所修改的稿本的可能性。

又有人详细核对过程伟元、高鹗最初排印的《红楼梦》版本，与他们最后的刻本，发现两种版本每页的版口是一致的，全书几乎都是如此。这一点可以说明高鹗在排印了第一版以后，就以印就的书为底稿，在上面进一步加工修改，然后才排印成次一版的书，唯有如此，才能使版口取齐。但是，这个百二十回抄本的改文与程甲本不同，反而与程丙本有许多相同者，也是十分费解的事。

到现在为止，研究者对于这部百二十回《红楼梦》抄本的性质，尚未获得一致的意见。大体说来，有三种不同的看法：

一、高鹗是续书人，但此稿本不是高鹗所修订的手稿，而是属于另一个人，而且此抄本也不是据程刻本而改得者。

二、高鹗不是续书人，而是对后四十回加工修改之人。这部百二十回抄本是属于高鹗某友人，原来只有前八十回，程伟元得到后四十回续书原稿后，而在高鹗动手修改以前，此人曾借抄了后四十回的续书。高鹗修改此书全部竣工以后，他又按定稿的刻印本改正其手中的抄本。

三、高鹗不是续书人，程高两人得到后四十回续书原稿后，曾多次加工修改。其改稿过程中产生了若干过渡稿本，而此抄本就是高鹗手中的过渡稿本之一。

现在，这部百二十回《红楼梦》抄本被提供到更多的研究者与爱好者的面前，让大家来共同研判中国文学史上此一大公案。

再谈程排本《红楼梦》的发行经过
赵冈

拜读高阳先生大作《红楼倾谈》，获益良多，高阳先生考据方面往往有令人惊喜的卓见。新闻界的朋友们都知道，要做一个成功的新闻记者除了"勤"以外，还要有"新闻眼"，能够发掘新闻，搞考据的人最难得的也是这种特质，能够看出被掩盖着的问题，能够发现线索。

这种特质无以名之，姑称之曰"考据眼"。福尔摩斯比苏格兰警场的探长们高出一筹，就因为他具有这种禀赋。高阳先生有

过人的考据眼，但是不肯多写这类的东西，认为是会荒废本业，这是很可惜的事，只要对学术有贡献，何必分本业副业。

譬如说，高阳先生从"苏大司寇"这一称谓而判断出《樗散轩丛谈》中那条笔记的书写年代在乾隆五十七年正月至五十九年十一月，这是非常令人惊喜的发现，其推论合理可信。我一直认为陈镛的这条笔记值得特别注意。高阳先生推断出其写作时间，更增加了它的重要性。

苏凌阿的书被鼠伤，付琉璃厂书坊抽换装钉是乾隆五十四年春的事，程甲本刊印即是乾隆五十六年冬的事，五十七年春以后不久陈镛就写下了这条笔记。这是当时人的记载，与后人传闻之谈不同，可信性高得多。

不过有关程刻本发行经过的问题，并未因此而全部解决。这其中牵扯上的问题，远比我们想象得复杂，这要从日本红学家伊藤漱平的一篇文章谈起。伊藤先生是以研究《红楼梦》为专业的，功力深厚，思考缜密，是我所敬佩的学者之一，他不久前在《鸟居久靖先生花甲纪念论集》中发表一篇论文，题名是《程伟元刊〈新镌全部绣像红楼梦〉小考》。文中讨论之点很多，我只能在此文中提出两点略加讨论。

第一点，伊藤氏根据出版史料证明木活字版印书，能印的份数极有限。通常像武英殿聚珍版的书，每种只印三百部，有些木活字版只印二百部或一百部。而且据长沢教授研究，木活字版印刷到一百部左右时，往往就发生字面高低不齐，不得不换字。

　　如果我们接受伊藤氏的推断，倒也可以解决一些问题。譬如，它可以帮助解释程伟元及高鹗在短期内再三修订《红楼梦》的动机问题。过去，我们一直弄不清为什么程高在刊印了程甲本后不到七十天就又刊印程乙本，这岂不是用程乙本去抢自己程甲本的市场么？如果发现在我们接受伊藤氏的推断，这一点就顺理成章了。活字版每次只能印三百部，而生意又这么好，当然供不应求，既然非重排第二版不可，正好可以趁机对文字方面再多加修饰一下。

　　不讨，现在的关键问题是：木活字版可印刷的份数是否真是如此少？中国出版商使用木活字版已有很长的历史，但是此种印刷方法始终未曾普遍流行，想来它有很大的缺陷，则一定是事实。但是，可印份数会否真少到三百份？从程高的排印本看来，似乎并非如此，王佩璋曾经比较过程甲本及我所谓的程丙本，发现两本每页之行款、字数、版口等全同，每页中文字尽管有变动，可是到了页终则又总是取齐成一个字。在一千五百七十一页中，每页起讫之字不同者不过六十九页。她甚至于发现程丙本的活字就是程甲本的活字。我们目前无法比较程甲本及程乙本，不过我相信这两本一千五百七十一页的版口应该完全相同。这种现象显示，活字版可以长用，可以一用再用。编辑为了节省重排的工作量，尽量取齐版口以利用原版，而只个别植换木活字，否则，如果原

版已不堪用，非重排不可，高鹗、程伟元蛮可以放手去校订，便不必采用这种缚手缚足的编辑方针。因此，我对这一点还有相当的怀疑，希望能看到一些研究古代印刷术学者的意见。

第二点是伊藤漱平提到，在程甲本出版后不久就有《红楼梦》流传到日本，值得注意的是这批书到达日本的时间和它们的装订方式。在日本长崎有一家姓村上的家族，其上世在清朝是从事中日贸易的。此家保留了很多旧的文件，其中有一套"差出账"，记载每次中国船到埠，他们购入中国货品的清单。货品中往往有书籍名目，村上"差出账"记道，在宽政癸丑五年十一月二十三日有中国船主王开泰，从浙江乍浦出航，于十二月九日在长崎入港，运来书籍六十七种。第六十一项书名是：

"《红楼梦》，九部十八套"。

这种两套合装一部的装订方式很奇怪。程刻本前后几版的装订方式都是一样的，每部共二十册，合装成四套。与上述情形不符。如果改装每十册一套，每部二套，则嫌太厚，而且为什么要改装，都是疑问。看来，这运销日本的九部《红楼梦》大概是另一种字体大小不同、版面大小不同、装订方式不同的另一种版本。

果然如此，则时间上又有了问题。程甲本的高鹗序言是出于乾隆五十六年冬至后五日，该书真正印就而卖到市场上，最早也该是乾隆五十七年初。而宽政癸丑五年则是乾隆五十八年，王开泰在乍浦出帆的时日，上距程甲本出书的时间最长也不过一年零十个月。什么人拿到程甲本立即翻刻，而且远销到浙江，进而外销日本？这一年零十个月的时候够不够完成这些程序？

伊藤漱平企图把这些运销日本的《红楼梦》，周春书中提到在苏州开雕印刷的《红楼梦》，以及东观阁翻印本《红楼梦》两件事贯穿起来。周春在《阅红楼梦随笔》书中首篇说：

> 乾隆庚戌秋，杨畹耕语余云，雁隅以重价购钞本两部：一为《石头记》，八十回，一为《红楼梦》，一百廿回，微有异同。爱不释手，监临省试，必携带入闱，闱中传为佳话，时始闻《红楼梦》之名，而未得见也。壬子冬，知吴门坊间已开雕矣。兹苕估以新刻本来，方阅其全……甲寅中元日黍谷居士记。

从周春的笔记中我们可以判定几件事，壬子冬，也就是乾隆五十七年冬天苏州书坊中还买不到《红楼梦》，否则周春自己早就买了，根据周春所说的"开雕"及"新刻本"字样，伊藤认为这个苏州版不是活字排印本，而是真正的雕版刻印本，是与程本完全不同的印本。以周春对书籍的经验阅历，对各种版当能区分。如果他是一个用字谨严的人，则上述推论不无道理。

不过，时间上还有点问题。乾隆五十七年冬开雕，五十八年冬便已远销日本，雕版印刷能够来得这么快？如果半年之内就能

元春

雕成一千五百多页书，程高为什么不雕版而要排印活字版？

　　而且在五十八年冬书已远销日本，周春反而晚至次年夏天才在当地书坊买到书，也不好解释。

　　伊藤先生很重视东观阁书店历次翻刻的《红楼梦》，这确是一个好线索。不过，要把东观阁的版本与周春所看的苏州版拉上关系，则还有相当困难。根据《红楼梦书录》，东观阁第一版《红楼梦》完全是用程本的书名，即《新镌全部绣像红楼梦》，有题记。

　　　　《红楼梦》一书，向来只有抄本，仅八十卷。近因
　　程氏搜辑刊印，始成全璧。但原刻系用活字摆成，勘对
　　较难，书中颠倒错落，几不成文。且所印不多，则所行
　　不广。爰细加厘定，订讹正舛，寿诸梨枣，庶几公诸海内，
　　且无鲁鱼亥豕之误，亦阅者之快事也，东观主人识。

　　此后又有"本衙藏版本"，把题记中"东观主人识"五个字去掉，书名依旧。到了嘉庆二十三年又有东观阁重刊本，书名改为《新增批评绣像红楼梦》，扉页题写"嘉庆戊寅重镌，东观阁梓行"。

　　《红楼梦书录》中所提到的东观阁诸版，我都没见过。但是日本却有几部。伊藤还提到有一种东观阁版，书名为《红楼梦全传》者，在《书录》中尚未列入。东观阁在嘉庆二十三年已重刊，则其初刊本一定很早。而且它是刻印本，而非活字排本。不过，

其初刊本能否早到可以在乾隆五十八年就输出日本，则还是一个问题。雕版要费时，否则程高自己早就做了。其次东观阁多多少少还做了些加工工作，"细加厘定，订讹正舛"。再者，东观阁是否真出过袖珍版，每部两套，也都难以确定。

我很久以前就曾记下日本内阁文库藏有一部东观阁版《红楼梦》，久想去翻检。今冬趁寒假远东旅行之便，特别到东京绕了一下，发现内阁文库已迁至皇宫外，改组成公文书馆。不巧，我去时该馆刚开始年假第一天，全日关闭，结果失之交臂。

即令有证据证明东观阁的初刊本早在乾隆五十八年已发行，而且是以每部两套的方式装订的，我们还是无法把它与周春买得的苏州版《红楼梦》拉上关系。到现在为止，所发现的东观阁诸版都是翻刻程甲本，但是从周春《阅红楼梦随笔》中所提到书中的某些字句，则可以判断他买到的书是程乙本或程丙本，绝非程甲本，东观阁既雕印程甲本，马上接着又翻刻程乙本，工程未免过于浩大，令人难以置信。所以东观阁诸版与苏州版还是两个不同的系统。

程伟元的画——有关《红楼梦》的新发现
张寿平

一九七四年双十节前夕，我在台北市今日公司的今日画廊发现了程伟元的画。画廊主人冉西来先生说："这一幅画颇得人们喜爱，可惜大家都不知道程伟元为何许人？"当时，我报以一个苦笑。乾隆五十六、五十七年间，程伟元与高鹗一同校订《红楼梦》一书，并连续发行了两种版本（今称"程甲本""程乙本"），以至于《红楼梦》一书脍炙人口，流传后世。然而其本人的声名居然落寞如斯。且其作品流落在外而无人收藏，这更是可悲可叹的事！但也幸而有此，我得获此奇遇。最后，我购下了这一幅画。

这一幅画，长一百二十九厘米，宽六十一厘米，可称大中堂。画面是一棵松树和一棵柏树交缠而成的一个大寿字，依照世俗惯例，这该是为祝贺某家夫妇双寿而画的。原来应有的上款，想必在原主人出让时被裁掉了。下款是"古吴程伟元绘祝"七个字。下面钤两个印章：一为"伟元"，圆形朱文；一为"小泉"，方形白文。制作都相当精雅。右下角钤一个押脚印章，文为"小泉书画"，方形白文。左下角还有收藏印一，文为"嫩江意弇氏藏书画印"，方形朱文。

这一幅画，画笔苍劲，布局自然，松针与柏叶层层复叠而交代极为清楚。尤其难得的是虽为酬应之作而无俗气，虽经精心设计而无匠气，足见程氏在绘画方面的素养与功力俱臻上乘。友人李兄叶霜见到这一幅画后曾以怀疑的口吻说："作者有此画笔，当可入《桐阴论画》。但清代画史失载其名，程氏亦不以画名，怪哉！"

　　凡读过《红楼梦》的人，都会读过程伟元的《红楼梦》序文及其与高鹗合撰的《红楼梦》引言。所有研究"红学"的学者，一定会注意到程伟元这个人。但是，对于程伟元的生平，一般只知道他是书商，其余便不甚了了。他的画，以前只发现过一个扇面，虽曾在海内外红学圈中轰动过一阵子，而我手头却无此资料。因此，我购下了这一幅中堂后，立即请邻居鲁传鼎兄致书现在羁居美国的赵冈先生，问讯上项资料，并告诉他我的奇遇。赵先生来信说："大陆上发现过程伟元绘的折扇一面。据说画为米家山法墨笔山水，有题记，字还不错，间架微近李北海，满挺朗。其文曰：'此房山仿南宫，非仿元晖之作。米家父子虽一洗宋人法，就中微有辨。为于烟云缥缈中着楼台，政是元章奇绝处，辛酉夏五，临董华亭写意。程伟元。'有钤印二方，其一文曰'臣元'。此处'臣'字不是名字中的一字，想来此人已有功名，当然不是普通书商，程伟元是苏州人，我早有此想法，现在得张教授藏书证实，他们那家书店是苏州人办的，北京、苏州两地联号。程伟元的两位前任经理先生，一姓金，一姓谢，都是苏州人，'每年购书于苏州，载船而来'。因此，其后任经理也该是苏州人。"赵先生不愧为当代红学名家，他对于程伟元其人的了解之多，已超过我的想象。

　　现在，我们可以总合所得关于程伟元的材料，做一个程伟元生平简介如下：

　　程伟元，字小泉，江南苏州人。有功名，然久任某书局经理。

该局为苏州人所办，苏州、北京两地联号。每年购书于苏州，载船而至北京。乾隆五十六、七年间与友人高鹗一同校订《红楼梦》，并曾发行两种版本，雅擅书画，嘉庆六年辛酉夏五月作米家山水扇面。有"伟元""臣元""小泉""小泉书画"等印章。

赵冈先生来信以后，我一直异常兴奋，现在，我手里的程伟元的画已成为有关《红楼梦》研究的新发现了。因为：

考据之学讲究证据，以前所发现的程伟元所绘的扇面虽能证明程伟元不是普通书商，但却只是"孤证"。孤证是一般考据家不采用的，也是无法使人完全信任的。譬如有人问：怎样能证明这绘扇面的程伟元，就是校刻《红楼梦》的程伟元而不是另外一个程伟元？这就要另外寻求证据了。而现在，我们发现了这第二幅程伟元的画，而且是上面钤有"小泉"和"小泉书画"的印章，这就有了有力的佐证；这绘画的程伟元既字小泉，当然就是校刻《红楼梦》的程伟元了。程氏所撰《红楼梦》序文的具名不就是"小泉程伟元"吗？质言之，程伟元雅擅书画，不是普通书商这件事，必须借我的这幅画才可证实无疑。

胡适先生作《红楼梦考证》一文时，对程伟元了解甚少，在胡氏心目中也许认为程伟元只是普通书商，所以，尽管程氏所撰《红楼梦》序文中已说明他曾因所藏《红楼梦》一书"殊非全本"而"竭力搜罗""细加厘剔"，高鹗所撰《红楼梦》序文中又直认自己是在程伟元"数年铢积寸累"之后，因程伟元的邀请而"欣然拜诺""遂襄其役";但却仍是扬高而抑程,把整理修辑《红楼梦》的功劳归于高鹗一人,并总合所得关于高鹗的材料作了高鹗年谱,而对于程伟元则居然无一字之褒。这委实是很不公平的事。在此,我敢断言:倘若胡氏当年能见到程伟元的画而知道程伟元不是普通书商的话,胡氏的《红楼梦考证》就不会扬高而抑程了。又若天假其年,胡氏至今犹存的话,他一定会重写《红楼梦考证》。

红学史上一公案——程伟元伪书牟利的检讨
潘重规

　　传播《红楼梦》一书的功臣,最具劳绩而又最受冤屈的,要数程伟元。百二十回《红楼梦》是他搜集成书的,编校刻印是由他主持的。然而长期以来,人们误认他不过是一个书商,所以校补《红楼梦》的工作,都归功于高鹗,而程伟元只落得一个串通作伪、投机牟利的恶名。天地间不平之事宁复过此。

　　前几年,周汝昌购得程伟元绘的一面折扇,画上有题记云:"此房山仿南宫,非仿元晖之作。米家父子虽一洗宋人法,就中微有辨。于为烟云缥缈中着楼台,政是元章奇绝处。辛酉夏五(按:辛酉为嘉庆六年———一八〇一),临董华亭写意。程伟元。"钤连珠二小方印,文曰"臣"(白文)、"元"(朱文)。据此绘事,知他不仅工于翰墨,也应是科名中人,我看了此画的影本,已对

鸳鸯

程氏是书商之说，深为怀疑。近见文雷《程伟元与〈红楼梦〉》一文，更可断定程伟元决非牟利的书商。此文发现有关伟元的新资料，计有：①晋昌给程伟元的唱和诗九题四十首；②孙锡《赠程小泉（伟元）》七律一首；③刘大观题程伟元画的《柳荫垂钓图》古风一首；④金朝觐题程伟元画册的诗并序；⑤晋昌、程伟元、李棨、刘大观、周筼龄、明义等人为晋昌的《且住草堂诗稿》写的序跋。根据这些新得的材料，可以获得下列许多事实。

一、程伟元的生卒年，根据李棨《且住草堂诗稿序》说："程君小泉，余之同学友。"程、李既然是同学，年龄应该相仿佛，比照李棨的生年，程伟元大约生于乾隆十年（1745）。又根据程的受业弟子金朝觐《题程小泉先生画册》诗的内容，程大约卒于嘉庆二十三年（1818）。享年七十三岁左右。

二、程伟元的籍贯，据李棨是他早年同学这一事实，李棨是江苏长洲人，从小在自己家乡发蒙进学，参加乡试。程和李是同学，自然应在同一地区上学。在清代，江苏省苏州府治吴、长洲、元和三个县，辛亥革命后废长洲、元和二县，并为吴县（1995年撤销），即今苏州，因此，程伟元可能是苏州人。

三、程伟元的家世，据晋昌赠他的一首诗说："义路循循到礼门，先生德业最称尊。箕裘不坠前人志，自有诗书裕子孙。"看起来，程氏确是一个书香门第。

四、程伟元的科名，据晋昌赠他的诗，说："况君本是诗书客，云外应闻桂子芬。"又说:"脱却东山隐士衫,泥金他日定开缄。"
这是程伟元在晋昌幕府时,晋昌鼓励他去再考进士的诗。在唐代,
新进士及第,以泥金书帖子,附家书中,用报登科之喜。晋昌对他说:
"脱掉那件东山隐士的长衫吧,你去应考,一定会高中进士的。"
如果他没有中过举,怎能以秀才的身份去考进士呢!所以程伟元
应该是个举人。乾隆末年,他寓居京师,大概也像高鹗似的,是
在京等待参加会试。后来,高鹗中了进士,做了达官,"爬上高
枝儿去了"。程伟元却橐笔关外,成了晋昌的幕府僚属。

五、程伟元的才名,据晋昌赠他的诗说:"文章妙手称君最,
我早闻名信不虚。"可见早在乾隆末年,程伟元待考京师时,他
的才名已经高出同时文士之上,故晋昌以宗室贵族,在出镇盛京时,
特地延请他入幕,佐理奏牍。晋昌是清太宗皇太极之后,恭亲王
常宁五世孙,从嘉庆五年起,曾"前后三持节"(裕瑞诗句)——
三次担任盛京将军之职。程伟元不但是盛京将军的僚佐,而且是
盛京将军的诗友。正如晋昌诗中常常咏叹的,每当他们在"把酒""赋
诗""酒兴偏教诗兴浓"的时候,往往是"放怀""忘骸""忘
形莫辨谁宾主"的。当然,能够同这位诗人将军"为忘形交""作
文字饮"的程伟元,显然不是一个牟利的商人。

六、程伟元的文艺,据李桼在《且住草堂诗稿跋》中说,程
小泉"工于诗",晋昌"凡席中联句,邮简报答,必与之偕"。
而"新诗清润胜琅玕""瑶章三复见清新",都是晋昌对程伟元

的评语。可见程伟元的诗歌，决不会像高鹗诗的庸俗下流。李桎
又说："程亦擅长字画。"金朝觐诗有"昔我立程门，临池学作字"
之句，更说明程伟元不仅是晋昌幕府的西宾，还是沈阳书院的兼
职教授。程伟元又曾为晋昌官署中的"安素堂"，题了"兰桂清芳"
四个大字的匾额，可见他不但能写扇面上的蝇头小字，也能作擘
窠大书。程伟元擅长绘画，李桎已明确讲了。辛酉夏五月的画扇，
就是很好的物证。他的作品，在他的友人诗文中提及的，有嘉庆
七年为晋昌祝寿画的一本罗汉册，有嘉庆十年左右为友人善怡庵
画的小像。刘大观咏诗，题为《题觉罗善观察怡庵柳荫垂钓图》。
这个善怡庵，就是高鹗的及门弟子增龄、华龄的父亲。而诗人刘
大观和善怡庵是先后同僚。同高鹗妻舅名诗人张船山订过交，又
为敦诚的《四松堂集》稿本写过跋，和《红楼梦传奇》写序的作
者吴云更是至交。他和程伟元交谊颇笃，所以嘉庆十九年，善怡
庵署理荆南道（湖北宜昌）时，邀请刘大观到湖北作客，在酒筵上，
拿出程伟元画的《柳荫垂钓图》来，"千扈请买琼琚词"，刘大
观便乘着酒兴，即席题诗，唏嘘不已："此图出自小泉手，我与
小泉亦吟友，当时盛京大将军，视泉与松（规案：刘大观，字松岚）
意独厚。将军持节万里遥，小泉今亦路迢迢。聚散升沉足感慨，
白首何堪还一搔。"

　　由诗意看来，刘大观不但有故友星散之感，也有为程小泉怀
才不遇的惋叹。综观以上发现的数据，程伟元确是个多才多艺的

文士，他出身书香门第，才名早著，虽未显达，却有科名，往还
的朋友都是文学有造诣的仕宦中人，可见他绝非一个书商，他在
京师应试期间，不但未醉心功名，还苦心搜集《红楼梦》佚稿，
使《红楼梦》得流传于世，可见他不是一个世俗的上进举子，
更看他在有权有势的奉天大将军幕府中时，访问他的知己词人
孙锡，一同展画吟诗，倾吐怀抱。孙锡赠他的诗说："冷士到
门无暑意，虚堂得雨有秋心。"可见程伟元不但是一个文人，而
且是一个襟怀恬淡、品格清高的才士。可惜近代研究《红楼梦》
的人，不顾事实，凭空立论，对程伟元加以种种污蔑。胡先生
说："程序说先得二十余卷，后又在鼓担上得十余卷，此话便是
作伪的铁证。"一般学者更推波助澜说："程伟元是一书商，可
能没有任何有关此人之史料流传下来（赵冈《红楼梦新探》页
二六四）。"这一类说法，对后来的研究工作有极大的影响。前
年，余英时教授在《关于〈红楼梦〉的作者和思想问题的商榷》
（香港《中华月报》，一九七四年一月号）一文中，便严肃地说：
"高、程二子在红学考证中乃是被告。从严格的方法论的观点说，
正像陈援庵先生所谓'在其本身讼事未了以前，没有为人作证
的资格'。"众口铄金，人言可畏，程伟元已成为伪造《红楼梦》
的主犯了！我看到有关程伟元的新资料以后，不能不呼吁爱好
《红楼梦》的人士，大力替传播《红楼梦》的程伟元，把作伪
牟利的飞来恶名彻底洗雪掉！

附记：张寿平教授《程伟元的画》（见本年三月二十八日本刊）是有关程伟元资料的新发现。这一幅画，款题"古吴程伟元绘祝"，尤为程小泉是苏州人之明证，收藏者是嫩江人，也因为程小泉游幕关外之故。一九七七年四月四日识。